행복해 지려는 관성

김지영 지음

딱 그만큼의 긍정과
그만큼의 용기면
충분한 것

필름

일러두기

이 책은 '동아일보 〈2030세상〉'에 연재한 원고를 바탕으로 만들어졌습니다.

함께 들으면 좋은 OST

제이레빗(J Rabbit) - 웃으며 넘길래

추천의 글

살다 보면 가끔은 다른 사람의 말 한마디에 쉽게 무너질 때가 있다. 이 책은 그런 나에게 '딱 그만큼의 긍정과 딱 그만큼의 용기'를 통해 스스로를 지키며 다른 사람을 사랑하는 방법을 이야기한다. 독자 여러분들도 이 책을 통해 '딱 그만큼의 긍정과 용기'를 얻어 가시길 진심으로 바란다.

_가수 **백아연**

'좋다!' 나도 모르게 글을 읽는 내내 '아, 좋다!'라는 말이 자꾸만 튀어나왔다. 그냥 흘려보내는 문장이 있는 반면, 꼭꼭 붙잡아 두고 싶은 문장이 있다. 붙잡고 싶은 문장일수록 마음을 꾸-욱 눌러 담았을 거라는 생각으로 마음에 문장을 담는다. 마음이 듬뿍 담긴 문장을 마주한다는 건 외롭고 공허한 마음을 든든하게 채우는 일일 것이다. 저자의 문장은 든든하다. 든든한 문장 덕분일까. 저자와 조금은 친해졌다는 생각이 든다. 잊고 살았던 오래된 친구를 만난다면 이런 기분이 들까. 술을 좋아한다는 저자와 함께 술잔을 기울이며 전혀 관성적이지 않는 행복감에 휩싸여 말하고 싶다. '아, 진짜 좋다!'

_『내가 죽으면 장례식에 누가 와줄까』 저자 **김상현**

누군가와 소통을 시작할 때 가장 필요한 건 내 이야기를 먼저 꺼내는 일이다. 당연하겠지만 절대로 쉬운 일은 아니다. 초시계처럼 돌아오는 마감을 버텨내는 일만도 지난했을 텐데, 작가는 1,500자 비좁은 공간에 3년이 넘는 기간 동안 자신의 이야기를 묵묵히 담아내 왔다. 그리고 그 이야기를 한데 묶으며 이제 독자에게 대화를 건넨다. 그래서 책을 덮는 끝엔 "나는…" 하고 누군가와 이야기를 나누고 싶어진다. 함께 같은 시간을 보내고 있다는 사실만으로도 위안이 되는 그런 이야기.

_ 동아일보 기자 **이원주**

낡은 서랍 속 다이어리를 돌고 돌아, 늦은 퇴근길 순두부 한 그릇을 건너, 우리 엄마의 하루에 다다르면 그제야 안다. 행복은 우리가 가야 할 곳이 아니라 지나온 곳들에 있었다는 것을, 지금 머무는 여기에 있다는 것을. 그 어여쁘고 뭉클한 것들을 바라볼 용기만 내면 된다고, 당신은 그럴 수 있다고, 작가는 우리에게 말한다. 3주에 한 번 신문 독자들에게 위로를 주던 작가의 글이 더 많은 이들의 손에 쥐어질 수 있게 되어, 더 많은 이들을 위로할 수 있게 되어 진심으로 기쁘다.

_ 동아일보 기자 **이은택**

작가의 말

✳

대체로 불행해도 결국 행복해지기 위한 성질

✳

✳

감정의 역치가 낮다. 쉽게 울고 쉽게 웃는다. 쉽게 불행해하고 쉽게 행복해한다.

어느 날엔, 사는 게 버겁다. 한다고 해 왔는데 과연 맞게 해 온 걸까. 지금껏 내려온 모든 선택들이 의심스럽다. 툭 치기만 해도 눈물이 터질 것 같고, 끝도 없는 바닥으로 침잠한다. 고백하건대 사실 많은 날들이 이러하다. 감정의 비중으로만 행복을 정의하자면 나는 그리고 우리는, 대부분 불행한 사람들이다.

대체로 불행하다. 하지만 그건, 삶이 지닌 기본 속성이 아닐까 한다. 불안, 우울이 삶 그 자체라면 행복은 이벤트에 가깝다. 때문에 영속적 행복의 상태란 영영 달성할 수 없는 무엇이다. 그러므로 중요한 것은 결국 마지막 마음, 하루 또는 한 생애 분의 단락을 마무리하는 마지막 문장이다.

불행한 일이 많았던 날엔 좋아하는 일을 해 행복의 영점을 맞춘다. 아끼는 차와 함께 읽고 싶었던 책을 보거나, 내일이 없을 것처럼 뛰거나, 집 앞 곰탕집에 혼자 슬리퍼를 끌고 나가 소주를 곁들이기도 한다. 가끔은 미친 척, 좋아하는 사람과 다음 날 오후 반차를 신청하기도 한다. '바로 지금 여기서 행복'해 버릇하지 않으면 내일도 행복에 실패할 것을 알기에, 스스로를 기쁘게 만드는 일을 결코 포기하지 않는다. 그래도 괜찮다고, 다 잘될 것이라고, 불행이 열거된 하루의 끝에도 기어코 '그래도'로 시작하는 문장을 더해, 내체로 불행하더라도 끝내 행복해지고야 만다.

우연한 행복은 무르다. 타의에 의해 쉽게 망가지고, 스스로도 확실하게 손에 쥘 수 없다. 때문에 나는 보다 적극적이고 단단하게 행복하려 한다. 삶의 디폴트 값으로 불행을 이해하고, 오늘 나의 최종 기분으로 행복을 선택하는 것. **이러한 날들이 쌓이면 마침내 행복은 '관성'이 된다. 종래에는 반드시 돌아가고야 마는 최종적 감정 상태.**

한 사람이 이렇게까지 '행복에 진심'이게 된 데에는 응당 계기가 있으리라. 크게 두 가지가 있다. 근본적인 것과 결정적인 것.

근본적인 계기는 아마도 오래전 가족에게 있었던 사고일 것이다. 가족의 상처를 매개로 공감을 얻는 일이 내키지 않아 굳이 써오지는 않았지만, 빼고는 어쩐지 설명이 불충분한 느낌을 지울 수 없어 이 책의 전사격인 사연을 짧게나마 덧붙인다.

중3 때였다. 동생 생일 전날, 하굣길 집 앞에서 헐레벌떡 뛰어나오는 엄마를 만났다. 아빠가 '조금' 다쳤다며 금방 돌아오겠다던 엄마는 그날 돌아오지 않았다. 다음 날 아침, 미역국도 못 먹고 풀 죽어 등교하는 동생 모습에 엄마에게 전화를 걸어 짜증을 냈다. 대꾸도 없이 듣고만 있던 엄마는 미안하다고만 했다. 그날 저녁, 나의 세상이 무너져 내렸다.

사고가 있었고, 위독하다 했다. 우연한 사고에 이유가 있을 리 만무하지만 계속 "왜?"하는 질문만이 맴돌았다. 우리 아빠가 왜? 불과 그저께, 우리와 함께 동생 생일 파티 계획을 짜던 아빠였다. 누구보다 건강하고 다정하던 아빠였다. 울다 지쳐 잠이 든 다음 날 아침, 나쁜 꿈을 꾸고 일어난 듯했다. "아빠!"하고 부르면 저쪽 방에서 두 팔을 벌린 아빠가 걸어 나올 것만 같았다. 단축번호 3번을 꾸욱 눌러 보았지만 "전원이 꺼져있어…"라는 음성만 야속하게 흘러나올 뿐이었다.

결론을 이야기하면 한 달 가까이 생사를 오가던 아빠는 기적적으로 건강을 회복했고, 이제는 '사건'이라 부를 수 있게 된 그 일 이후 서로가 건강한 오늘에 그저 감사하게 되었다. 이후 나는 '설마'하는 유의 모든 일들이 내게도 일어날 수 있음을, 당장 내일 내가 사라지더라도 사실은 하나도 이상한 일이 아님을 분명하게 실감했다. 상극인 듯 닿아 있는 '죽음'과 '행복'의 존재를 동시에 의식하는 사람이 되었다.

그러니까 그 일은, 일종의 임사체험이었다. 상투적이지만 절대적인 메시지의 체화. 오늘 살아있음에 행복하지 못할 이유가 없었고, 오늘의 행복을 내일로 미룰 이유는 더더욱 없었다. **더 쉽게 행복해졌고, 더 적극적으로 행복하기로 했다.**

보다 결정적 계기는 역시 이 책의 근간을 이룬 칼럼 연재이다.

2018년 2월부터 현재까지 동아일보 〈2030세상〉 지면에 칼럼을 연재해 오고 있다. 정제된 매체에 정해진 형식으로 꽤 긴 시간 글을 써오다 보니, 1,500자 5~6개 문단으로 사고가 재단되고 글이 패턴화되는 것이 느껴졌다. 나아가 각각의 글이 독자적인 메시지를 담고 있어야 하는 칼럼의 특성상, '기-승-전-긍정'으로 매듭짓는 습관도. **세포 어딘가에 끝내 긍정으로 향하려는 관성 같은 것이 새겨져 버린 것 같았다.**

'행복해지려는 관성'. 제아무리 벅찬 하루였대도 마

지막에 '그래도'로 시작하는 문장을 하나 더하는 일. 딱 그만큼의 긍정과 딱 그만큼의 용기면 대체로 충분하다는 것을 칼럼 쓰기를 통해 아로새겼다. 각각의 모든 글은 일말의 거짓도 없이 진심이었다. 다만, 진심에도 구획이 나누어져 있다면 가장 밝은 쪽, 가장 낙관적인 쪽의 진심이었다.

그리하여 이 책이 만들어졌다. 연재했던 글 중 일부를 선별하고, 몇 편의 새 원고를 더해 단행본에 맞도록 수정하여 엮었다. 이미 쓰인 글 간의 관계를 귀납적으로 밝히고 목차를 구성해 이름을 붙이는 작업이 쉽지는 않았다. 그러다 발견한 분명한 맥락은 결국 이 관성을 체화하기까지 나름대로 애써 온 과정을 끈질기게 말해오고 있더라는 것이었다.

각 장은 '행복해지려는 관성'의 체득을 위한 단계적 접근이다. 이를 통해 결국 **행복은 노력을 통해 '성취'하는 것이 아니라, 연습을 통해 '발견'하고 단련을 통해 '유지'하는 것**이라는 생각을 나누고 싶었다.

이 책이 자신만의 '행복해지려는 관성'을 구축해 나가기 위한 연습장으로 쓰이길 바라는 마음에 중간중간 충분한 여백과 질문, 답변란을 두었다. 일련의 과정을 통해 책을 덮는 끝에 독자 스스로가 제아무리 벅찬 하루였대도 마지막에 '그래도'로 시작하는 문장 하나를 더할 수 있기를, 딱 그만큼의 긍정과 용기를 가질 수 있기를 감히 희망한다. 부족한 생각이 당신께 닿을 수 있도록 기회를 허락해 주신 '동아일보'와 '필름출판사'에 감사한 마음을 전한다.

에밀리 디킨슨은 "지상에서 천국을 찾지 못한 자는 하늘에서도 천국을 찾지 못할 것"이라고 말했다. 행복도 습관이라고들 한다. 더 나아가 행복은 관성이 되어 마땅하다. 보다 본질적인 속성으로 체화되어야 하는 것이다. 그때 우리, 고작 책 한 권, 고작 밥 한 끼, 고작 문장 하나로도 다시 행복해질 수 있는 보다 견고한 행복을 구축할 수 있으리라.

자주 울더라도 결국 웃게 될 것이다. 대체로 불행하더라도 결국 행복해질 것이다. 단언컨대, 고작 ________

로도 행복해질 수 있다는 것은, 참 멋진 일이다. 그 멋진 일이, 당신께도 깃들길, 아니 당신이 선택하길, 온 마음으로 응원한다.

2021년 8월

김지영

차례

Part 1

발견하기

별것 아닌 일상일지라도 '그래도'

Part 2

정의하기

내 식대로의 행복

Part 3

유지하기

바로 지금 여기서 행복할 것

Part 1

발견하기

별것 아닌 일상일지라도 '그래도'

엄마의 취향, 하루, 꿈

결혼 전 엄마와 둘이 터키 여행을 다녀왔다. 미혼 딸로서는 마지막으로 오붓하게 엄마와의 시간을 누려 보기 위해서였다. 여행을 준비하고 다녀오고 곱씹는 일련의 과정에서 생전 '엄마'라는 단어 뒤에는 붙여보지 않았던 낯선 단어 몇 가지를 떠올렸다. 취향, 하루, 꿈.

국가를 고르는 것부터 루트, 상세 일정에 이르기까지 뭐 하나 어려운(?) 것이 없었다. 가령 이런 식이었다. "엄마, 어디 가고 싶은 데 없어?" "엄만 우리 딸이랑 함께라면 어디든 다 좋아." "엄마, 이거랑 이거 중에 뭐가 더 땡겨?" "엄만 다 좋아." 취향이 없는, 혹은 있어도 쉬이 말하지 못하는 엄마가 늘 답답했다. 엄마가 좋아할 만한 선물을 고르는 것도, 엄마가 하고 싶을 만한 일을 찾아 함께하는 것도 으레 딸들의 몫이었다. 엄마 세대 엄마들은 다 그런 걸까. 형제를 위해, 가족을 위해 희생해 버릇한 대가로 엄마는 욕심과 함께 취향을 잃어버린 걸까. 아니 만들 기회조차 없었던 걸까. 취향이라는 게 그렇다. 일종의 버릇이라, 내 맘 가는 대로 안 해 버릇한 이에겐 생기지조차 않는다. 그래서 엄마의 '다 좋아'는 나를 아프게 했다.

열흘간의 여행을 마칠 때 즈음 또 하나의 아픈 사실을 깨달았다. 나는 단 한 번도 엄마의 24시간을 온전히 지켜본 적이 없었다. 항상 나는 어딘가를 가고 엄마는 그런 나를, 우리를 기다렸다. 하루 일과를 시시콜콜 궁금해하고 염려하는 쪽은 항상 엄마였지, 우리가 아니었다. 딸 셋의 하루가 끝날 때 엄마의 하루가 끝났다. "엄마, 우리 내일은 늦잠 자자"가 갱년기로 잠을 설치는 엄마에겐 얼마나 어려운 일인지, 매번 끼니마다 약을 챙겨 먹는 게 얼마나 번거로운지, 엄마가 얼마나 자주 가족 단톡방을 들여다보는지, 엄마가 나를 어떤 표정으로 바라보는지, 11시간의 비행과 10시간의 야간버스를 거치고 나서야 알았다. 미처 궁금해하지 못했던 엄마의 시간들이 죄스럽게 다가왔다.

여행을 다녀온 뒤에도 엄마의 마음은 한동안 터키에 머물러 있었다. 가만있다가도 "터키가 너무 좋았어. 진짜!" 하시기를 수차례. "나 다시 글을 쓰고 싶어졌어"라고 말씀하셨다. 가슴이 덜컹거렸다. 낯선 경험, 낯선 설렘이 다시 마음을 간질인 것이리라. 엄마는 마흔에 등단을 했었다. 열세 살이던 그땐 '늦은' 나이에 참 대단하시다 생각했는데 지금의 나와 고작 몇 살 차이. 내 나이, 내 서른만 특별했지 엄마의 나이에는 무감각했다. 내 꿈만 중요했지 엄마 혹은 아빠라는 단어는 꿈이라는 뜨거운 단어와는 멀게만 느껴졌다. 엄마에게는 오랜 기간 간직해 온 꿈의 시작이었을 것이다, 마흔이. 딸 셋과 씨름하느라 감수성에 젖을 시간은 줄어들었지만 가슴 한편에는 항상 피우다 만 불씨가 살아있었을 것이다.

이후 부족하지만 무던히 엄마의 취향을 찾고, 하루를 알고, 꿈을 응원하고자 했다. "엄마, 다 좋아 말고 하나만 골라봐." "엄마, 오늘 하루는 어땠어?" "엄마, 이 책 엄마가 좋아할 것 같아." 남은 그녀의 삶은 그녀를 사랑하는 사람들을 위해서라도 조금 더 이기적이길 바라는 마음으로. 부디 다 좋지 말고, 아빠 퇴근과 딸들 전화, 손주들 사진만 기다리지 말고, 예순이 다 돼서까지 가슴이 뛰는 일을 포기하지 말고, 무엇보다 아프지 말고. 지금처럼 오래오래 행복하자, 우리.

선택 위임

오늘 지하철에서 흥미로운 장면을 목격했다. 출구 계단을 향해 개찰구에서부터 긴 줄이 무려 한 줄로 이어져 있었던 것. 에스컬레이터도 아니고 폭이 꽤 넓은 계단이었는데, 사람들 질서 의식이 대단하다 싶었다. 그들 중 몇몇은 앞을 쓱 보고는 갸우뚱해했지만 그만한 이유가 있겠지 하며 줄을 지키는 듯했다. 순간 깨달았다. 이들을 줄 세운 것은 질서 의식이 아닌 다수의 선택에 대한 근거 없는 믿음, 선택 위임이라는 것을.

낯선 광경은 아니다. 주변에서도 이런 선택 위임을 왕왕 마주한다. 언젠가 공연을 보고 화장실 앞에 길게 줄을 서 있었더니 남편이 반대쪽에도 있을 거라며 나를 이끌었다. 아니나 다를까. 있었고 아무도 없었다. 나도 모르게 사람들이 기다리는 데에는 그만한 이유가 있겠지, 하고 그들의 선택을 믿어버린 것이다. 설마 이렇게 가까이에 다른 화장실이 있는데 줄을 서 있을 것이라고는, 이 많은 사람들이 이런 비합리적인 선택을 할 것이라고는 생각지 못했다.

이뿐만이 아니다. 몇 해 전 남편과 속초 여행을 갔다. 유명하다는 새우튀김 골목에 갔는데 유독 한 집 앞에만 줄을 서 있었다. 검색해 보았지만 특별히 유명한 가게는 아닌 것 같았다. 그럼에도 우리는 기나긴 기다림의 대열에 합류했다. 줄 서는 집에 대한 공연한 신뢰 탓이었다. 결과는 갓 튀긴 새우라면 느낄 수밖에 없는 예상 가능한 맛있는 맛이었다. 그 골목 어느 집에서 먹었어도 비슷한 맛이었으리라.

돌아보니 이 또한 선택 위임이었다. 아마 처음에는 우연히 두어 명이 앞에 있었을 것이다. 그러다 지나가던 사람 하나가 우리처럼 공연한 믿음으로 뒤에 섰을 것이고, 또 다른 사람이 그 뒤에 섰을 것이다. 그리하여 줄줄이 앞에 선 이에게 자신의 선택을 위임하는, 점주 입장에서는 뜻밖의 선순환이 만들어졌을 것이다. 비단 이 가게뿐이 아니라 종전의 화장실, 지하철 계단도 마찬가지 아니었을까. 어쩌면 선택 위임의 메커니즘은 우리 생활에서 생각보다 넓은 영역을 관장하고 있는지도 모르겠다.

하지만 뭐니 뭐니 해도 선택 위임 중 제일은 아마 삶의 주요 미션으로 여겨지는 몇 가지—대입, 취업, 결혼, 출산—로의 줄 세우기가 아닐까. 나만 해도 주도적으로 해온 선택들이라 믿지만 착실히 그 길을 따라왔다. 고3 수험 생활을 거쳐 대학에 들어갔고 졸업과 동시에 취업을 했다. 5년 만난 애인과 결혼을 했고 어느덧 마지막 미션만을 남겨 놓고 있다. 많은 이들이 인사치레로 자녀 계획을 묻는다. 순서의 역행은 선택지에 없어 보인다.

이 미션까지 완수하면 나는 줄 서지 않게 될까. 모

르긴 몰라도 분명 영어유치원으로 시작해서 내 집 마련으로 끝나는 또 다른 대열이 손짓하고 있을 것이다. 그럼 나는, 우리는 과연 그 대열을 쉽게 못 본 체할 수 있을까. 다수의 타인들에게 선택을 위임하지 않고 오롯이 주체가 될 수 있을까. 아니, 그 길을 따라 걷는다 한들 그 끝에 있는 것이 우리가 원한 것일까.

오늘 광경을 보고 새삼 다짐한다. 앞에 서 있는 많은 이들을 보고 이 길이 맞다 믿어버리지 말자. 고개를 내밀어 보고, 이탈해 걷기를 겁내지 말자. 길의 끝에 있기를 희망하는 것은 저마다 다르다.

각자의 계절

꽃샘추위가 채 가시지 않은 4월 중순. 이맘때 지하철을 타면 아주 흥미로운 광경을 볼 수 있다. 니트에 얇은 패딩까지 덧입은 사람과 반팔 입은 사람이 나란히 앉아 있는 모습. 분명 같은 시공간임에도 두 개의 계절이 나란히 앉아 있는 모습. 그 와중에 나는 꿋꿋이 패딩을 챙겨 입은 이의 용기에 박수를 보낸다.

추위를 많이 타는 편이다. 절기상으로는 분명 봄인데 여전히 한기가 느껴지는 시기, 출근을 준비할 때면 옷장 앞에서 고민에 빠진다. 외투들을 훑어보고 집어 드는 짧은 시간 동안, 육체의 안녕과 마음의 평안이라는 두 욕구 간 작은 교전이 벌어진다. 통상 승기를 잡는 것은 후자이다. '4월에 패딩이라니. 이상하게 보일 거야.' '점심 먹으러 나갈 때 회사 사람들이 한마디씩 하겠지.' 따위의 염려들이 추동하고, '에이, 오늘은 괜찮겠지 뭐!' 하는 낙관이 쐐기를 박는다. 패딩으로 향하는 손을 거두고 얇은 재킷을 챙겨 입는다.

하지만 싸늘한 바깥공기를 마주하는 순간 여지없이 후회하고 마는 것이다. 종일 벌벌 떨다가 결국 다음 날 몸져누운 적이 한두 번이 아니다. 몸소 체득한 이 단순한 진리를, 나는 거의 매번 망각한다. 바들바들 떨 때만 해도 두 번 다시는 같은 실수를 반복하지 않으리라 다짐하고, 막상 선택의 순간이 되면 '그래도 그건 좀' 하며 남 눈치를 보는 것이다. 고작 외투 하나 고르는 일이 이렇다.

누구에게나 각자의 계절이 있다. 같은 온도, 같은 바람도 저마다 체감이 다르므로, 누군가에게는 이미 온 계절이 누군가에게는 아직일 수 있다. 반팔 입은 사람에게는 이미 온 여름이 패딩 입은 사람에게는 한참 아득하듯. **무리해서 타인의 계절에 맞추었다가는 병이**

나기 십상이다. 그 대가가 고작 감기 정도라면 차라리 다행일까. 남 눈치를 보느라 생의 크고 작은 관문과 선택에서 내 계절은 아랑곳하지 않고 남의 계절에 맞춘, 맞지 않는 옷을 입는다.

오늘도 내게는 바람이 차다. 아무래도 나의 봄은 좀 더 더디게 오려나보다. 내일은 꼭 패딩을 입을 것이다. 그럼 내가 그랬듯, 나의 패딩에 용기를 낸 또 다른 누군가가 자신의 계절을 찾아갈지도 모르는 일이다. 고작 외투 하나로, 각자의 계절을 찾아가는 '4월 패딩 연대'가 이루어질지도.

벚꽃 네버 엔딩

바야흐로 벚꽃 시즌이다. 연이어 최고 기온이 20도가 넘으면서 때아닌 이른 개화를 맞았다. 아직 변변한 나들이 계획도 못 세웠는데 행여 져버릴세라 너도나도 분주히 집을 나선다. 나 역시 요 며칠 점심을 먹고 카페로 들어가는 대신 캔 커피를 사 들고 회사 앞 벚꽃 길을 걸었다. 곧 비 소식이 있다고 하니 그 전에 조금이라도 더 눈에 담아 두고 싶었다. 오늘도 연신 사진을 찍으며 “아, 좋다”를 연발하고 있는데 저 멀리 교복을 입은 한 무리의 학생들이 다가왔다. 수업이 일찍 끝난 것인지 점심 탈출을 감행한 것인지 알 길은 없지만 그들 역시 “아, 좋다”를 연발하고 있었다. 그러고 보니 이른 벚꽃이 이들에게는 행운이겠구나 싶었다.

학생 시절 때맞춰 피는 벚꽃은 늘 야속한 존재였다. 벚꽃이 피었다는 것은 중간고사가 다가온다는 징표였고, 채용 시즌이라는 엄포였다. 온전히 꽃구경만을 위해 시간과 마음을 할애하는 벚꽃 '놀이'는 다른 세상 이야기였다. 화려하게 핀 꽃을 즐기는 것이 내겐 허락되지 않은 사치처럼 느껴졌다. 돌아보니 안쓰럽고, 할 수만 있다면 그때의 나에게 "괜찮아"라고 말해주고 싶지만 그땐 그랬다.

그렇게 무수히 많은 봄을 시험지와 자기소개서와 씨름하며, 벚꽃을 외면하며 났다. 수험생 시절을 버티고 취준생 시절을 견디어 흔하지만 간절했던 직장인이 되었다. 합격만 시켜주면 무엇이든 다 하겠다던 그 옛날의 취준생은 기억에서 지워낸 지 오래이다. 나이만 먹었지, 크게 나아지지 못한 내공으로 사회인으로서 살아가는 하루하루는 가끔 버겁다. 대부분의 직장인이 그러하듯 진로, 적성 고민조차 현재 진행형이다. 그럼에도 불구하고 감사한 것은 최소한 꽃구경할 정도의 여백은 생겼다는 것이다. 똑같이 5분을 눈에 담더라도, 종전의 죄책감과 조급함 대신 황홀함과 충만함으로 온전히 그 시간을 물들일 수 있다. 25년 치의 봄을 눈에 담으려면 마음이 참 바쁘다.

아마 지금도 어딘가에는 계절의 황홀함을 즐기는 것이 사치처럼 느껴지는 이들이 있을 것이다. 연일 뉴스를 장식하는 관광객들의 상기된 표정이 다른 세상의 일 같고, 달뜬 꽃내음이 야속하게만 느껴지는 시기의 이들이 있을 것이다. 어쩌면 내게도 다시 그런 계절이 돌아올지도 모르는 일이다. 조악하지만 진심이 담긴 고3 때 쓴 시를 그들과, 훗날의 나와 함께 나누고 싶다.

> 야자를 마치고 집으로 가는 길/ 밤 공기가 차다/ 길게 줄지어 늘어선 가로수들 사이로/ 갓 피어난 벚꽃들 하늘과 맞닿아 하얀 눈물로 엉기어 있다// 흩어진 별들도 오소소 떠는데/ 엄습한 찬 공기에 놀란 가슴 달래보고자/ 집으로 가자 발길을 재촉해 보아도/ 도무지 내 갈 길

은 보이지를 않는다// 까마득하게 높은 봄 향기에/ 그만 정신이 다 아찔하여/ 가장 낮은 곳 쥐똥나무 울타리에 지친 마음 기대 서 본다// 소름 끼치도록 아름다운 봄, 이 봄/ 고개를 들자 쥐똥나무야/ 벚꽃의 화려함에 기죽지 말자/ 잔인한 이 계절 한껏 앓고 나면/ 그 가을 앙상한 뼈만 남은 벚꽃나무 아래 너는/ 보석보다 찬란한 열매를 맺게 되리라// 소름 끼치도록 아름다운 봄/ 2007년 이 봄 —고 3, 그해 봄

곧, 열매를 맺게 될 것이다. 내년에도 어김없이 봄은 온다.

즉흥예찬

"진짜지? 진짜 낸다?" "콜!"

삶이 무료하던 어느 날, 친구와 나는 충동적으로 다음 날 오후 반차를 신청했다. 고등학교 때 만나 어느덧 아이 엄마가 된 그와의 만남은 언제나 퇴근 후 두 시간 남짓이 전부였다. 그렇게 지난 몇 년간 우리가 쌓은 추억이라고는 강남역 언저리의 외식 메뉴들뿐이었다. 여느 때처럼 '저녁 7시 강남역'을 약속하고 "내일 보자"고 메시지를 남기려던 찰나, 묘한 치기가 일었다. "반차 낼까?" 예측 가능한 일상을 비집고 나온 충동이었다. 그렇게 우리는 반나절짜리 '델마와 루이스'가 되었다.

막상 반차를 내고 나니 가슴이 뛰기 시작했다. 가끔은 미리 계획된 사나흘의 휴가보다 즉흥적인 반나절의 휴가가 더 설렐 수 있음을 새삼 되새겼다. 놀이동산에 갈까? 평일 낮의 카페? 그냥 그 시간엔 좋아하는 친구와 회사 밖에 있는 것만으로도 행복할 것 같지만 무언가 특별한 '짓'을 하고 싶었다. 진짜 델마와 루이스처럼 멋지게 떠나고도 싶었지만, 시간도 차도 없기에 아쉬운 대로 남산으로 향했다. 케이블카 대신 두 발로 걸어 전망대에 도착한 우리는 '낮맥'을 즐기며 눈물이 날 때까지 웃었다.

대학생 땐 '자체 휴강'이라는 비공식 제도(?)가 있었다. 아무것도 하고 싶지 않은 어느 날 덜컥 수업을 다 빠지고 뒹굴며 만화책을 보거나 어디로든 훌쩍 떠나는 것. 고등학생 땐 석식 메뉴가 마음에 들지 않는 날이면 종종 몰래 근처 분식집을 찾았다. 내친김에 아주 가끔은 야간자율학습을 빼먹기도 했다. 소소한 일탈이 있었고, 그랬기에 낭만도 있었다. 그리고 그땐 언제든 기꺼이 공범이 되어줄 친구들도 있었다. 무수한 각자의 사정을 품은 지금은 약속이 없으면 퇴근길 소주 한잔 함께할 이를 찾기도 망설여진다.

퇴근과 주말을 기다리는 쳇바퀴 같은 일상, 마땅히 이성적이어야 할 하고많은 이유들. 매일매일의 책임과 의무에 충실하면서 어른이 되는 만큼 일탈과 멀어졌다. 삶이 안전해지는 만큼 오늘은 지루해졌다. 숱한 해야 할 것들 속에서 하고 싶은 일, 그것도 순전히 (장래가 아닌) 지금 (가족이 아닌) 나의 (발전이 아닌) 기분을 위해 하고 싶은 일을 한다는 것은 철이 없거나 이기적인 것이었다. '일탈'보다는 '일상'이, '즉흥'보다는 '계획'이 조금 더 어른의 단어에 가까웠다.

하지만 가끔은 순간순간의 욕구 앞에서 무력해지는 것도 꽤 괜찮은 삶의 지혜가 아닐까. '출근을 해야 해서, 너무 일러서, 너무 늦어서'와 같은 계산 대신 이따금 철모르는 낭만주의자가 되어 보는 것. 간헐적인 즉흥은 삶을 기대하게 한다. 하고 싶은 것들을 상상하고 나열하게 하고, 의외성을 부여해 빽빽한 일상을 기름칠한다. 돌이켜보면 적당한 무모함은 아직은 뜨겁다는 증거이기도 했다. "내일 바다 어때?" 정도면 더할 나위 없겠지만 굳이 거창할 필요도 없다. 생전 사지 않던 스타일의 옷을 사보는 것도, 걷지 않던 길을 걸어보는 것도, 고작 수요일의 늦은 밤 홀로 곱창에 소주 한 잔을 하러 나서는 것도 좋겠다. 그도 아니면 지금 문득 떠오르는 친구에게 전화해 묻는 것은 어떨까. "오늘 뭐 해?" 어쩌면 아주 오래전 잊었던 그 말 말이다.

가끔씩 오래 보자

며칠 전 퇴근길 우연히 학교 선배와 마주쳤다. 근 10년 만에 만나는 익숙한 얼굴에 긴가민가하다 조심스럽게 "저 혹시…" 하고 말을 걸자 저쪽에서도 반색했다. 오랜만이다, 잘 지냈냐, 안부를 묻는 것도 잠시. 금세 침묵이 맴돌았다. 먼저 어색함을 깬 건 선배 쪽이었다. "어, 그래! 연락하고! 언제 밥 한번 먹자." 우리는 그렇게 멋쩍은 미소와 함께 손을 흔들며 자리를 무마했다.

뒤돌아 발길을 재촉하는데 씁쓸한 마음이 일었다. 알고 있었다. 그도 나도 연락을 하지 않을 것이고 '밥 한번' 같이 먹는 일은 더욱이 없을 것이다. 정말 그럴 생각이었다면 혹시 번호가 바뀌지 않았는지부터 먼저 물었어야 맞았다. "언제 밥 한번 먹자." "술 한잔하자!"는 으레 그런 것이었다. 진심이 아니어도 암묵적으로 통용되는 예의 인사말.

스무 살, 학급의 울타리를 벗어나 가장 먼저 접한 사회생활은 '점심 약속'이었다. 모두가 같은 시간 삼삼오오 모여 같은 메뉴를 먹던 고등학생 때와 달리 모든 것은 약속과 합의에 기반했다. 먼저 제안을 하고 상대가 수락하면 요일과 공강 시간을 맞추고 메뉴를 정했다. 일련의 과정은 때때로 피로감을 주기도 했지만 빽빽하게 채워져 가는 스케줄러를 보면 묘하게 어른이 된 듯한 기분마저 들었다. 말하자면 '밥 약속'이란 사회인의 언어였다.

그래서인지 함께 성인이 된 친구들은 언제부턴가 "밥 한번 먹자"를 인사말처럼 주고받기 시작했다. 그때의 나는 치기 어린 순정주의자였고, 그런 빈말들을 결벽증적으로 싫어했다. 해서 바로 스케줄러를 꺼내 들고 날짜를 정할 것이 아니라면 되도록 그런 말은 하지 않으려 애썼다. 어느덧 그로부터 10년이 넘는 시간이 흘렀고, 이제 나는 제법 사회인의 언어를 구사할 줄 아는 어른이 됐다.

하지만 여전히, 내가 던진 무수한 '밥 한번' 중 가능한 한 많은 밥이 외침이 아닌 현실이 되었으면 좋겠다. 그래서 의식적으로라도 틈틈이, 뜬금없이, 날짜 잡기를 즐겨 한다. "잘 지내시죠? 언제 시간 되세요?" 그럴 때마다 느끼는 것은 (특별한 목적 없이) 온전한 선의로 자신과의 만남을 기대하는 이에게 호의적이지 않은 사람은 없다는 것이다. 그리고 그 용기 낸 한 번은 관계에 불씨를 지핀다. 그렇게 끊어질 듯 켜켜이 이어져 온 소중한 인연들이 지금은 참 귀하고 고맙다.

세월은 흐르고 오늘은 늘 바쁘다. 가족조차 한 달에 한 번 보기도 버거운 현실 속에서 잦은 만남이란 불가능에 가깝다. 갈수록 혼자됨이 편해진다. 주기적인 만남과 안부 인사에 지치고 멀어짐에 대한 죄책감이 짐스러워 스스로 완전하기를 택한다. 그럼에도 불구하고 마음 한구석에는 순수한 관계에 대한 채워지지 않는 갈증이 자리 잡고 있다.

관계의 깊이가 만남의 빈도와 비례했던가. 매일 만나도 공허한 관계가 있고 가끔 만나도 돌아서 마음이 따뜻해지는, 선물 같은 인연이 있다. **1년에 한 번, 아니 몇 해에 한 번이라도 기쁘게 볼 수 있는 관계. 그 관계를 시작할 수 있는 한쪽의 용기와 이어나갈 수 있는 양쪽의 이해. 관계에 지친 우리에게 정말로 필요한 것은 그런 것들이 아닐까.**

자주 홀로 되더라도 가끔씩, 오래 보고 싶다.

토요 성수: 일상 여행법

나의 청첩장은 비행기 티켓 모양이었다. 'From Single To Married.' 언어도 문화도 다른 '유부월드'로의 편도행 티켓이라는 의미와 더불어, 일상의 모든 순간을 여행처럼 살아내고자 하는 다짐의 산물이었다. 며칠의 고민 끝에 적은 초대 문구의 시작은 이러했다.

"여행이 취미인 연인에서, 일상이 여행인 부부로 보다 큰 균형을 찾아가려 합니다. 지난 5년처럼, 함께 하는 매 순간 여행하듯 설레는 마음으로 소중하게 보내겠습니다."

그로부터 다시 또 5년이 지난 지금은 '매 순간'의 허구성을 깨달은 바, '대부분의 순간'을 달성코자 노력

중이다.

그 일환으로 결혼 후 신혼집을 시작으로 이사를 다닐 때마다 동네 이름을 넣어 '○○여행'이라는 기치로 지내왔다. 그러다 최근 놀 거리와 맛집이 풍부한 성수 근방으로 이사를 오면서 새롭게 시작한 프로젝트가 있다. 이름하여 '토요성수'. 매주 토요일 저녁에는 예외 없이 전동 킥보드를 타고 동네 맛집을 탐방한다. 미리 알아보기보다는 발길 닿는 대로 가다가 마음 맞는 데가 보이면 들어가 보는 식이다. 고급스럽거나 유명한 곳일 필요도 없다. 그저 낯선 곳을 걷고 헤매며 그날 몫의 행운을 지켜보는 것으로 충분하다.

대부분의 맞벌이 부부가 그러하듯 우리도 요리보다는 외식이 더 자연스럽다. 어차피 주말 이틀 중 최소 한 끼 이상은 사 먹는 것이 보통인데, 당연한 일상에 정기성과 테마를 부여하니 그럴듯한 놀이가 되었다. 이 별것 아닌 사소한 장치가 요즈음의 일상을 설레게 한다. 앞선 일정이 있더라도 저녁 먹을 시간이 되면 들뜬 마음으로 후다닥 자리를 정리한다. "오늘은 어느

쪽으로 가볼까?" 여행이 별건가. 평일이라는 긴 일과를 마친 후 주말이라는 이름의 여행이 시작된다. 관성에 젖은 일상도 이름 붙이기에 따라 한층 더 특별해질 수 있는 것이다.

기약 없이 막힌 하늘길이 야속하지 않다고 하면 거짓말이다. 그 대신 나를 포함한 많은 이들이 국내로 눈을 돌리고 다시 그 안에서 전에 몰랐던 행복감을 발견해 나가고 있다. 그러던 중 엎친 데 덮친 격이랄까. 유례없이 긴 장마가 더해졌다. 가뜩이나 조심스러운 여행을 이렇게 원천 봉쇄해 버리다니.

이럴 때 아쉬운 대로 일상 여행법을 추천한다. 살고 있는 동네의 새벽길을 걸어본 일이 있는가? 매번 지나치기만 했던 식당의 문턱을 넘어본 일은? 구태여 밖으로 나설 필요도 없다. 배달음식 시켜 먹기, 집에서 영화 보기와 같은 **별것 아닌 일상일지라도, 조금만 다른 시선으로 바라본다면 그 나름의 멋진 여행이 될 수 있다.** 돌아보면 여행이 좋았던 까닭은 대부분 '그때 그 장소'가 아닌 여행 중이라는 사실 그 자체에 기인했다. 사소하지만 귀한 순간들을 알고 놓치지 않고 기뻐하는 것. 하루하루를 최대한으로 곱씹으며 아쉬운 마음으로 놓아주는 것. 요컨대, 설레는 연습. 아무래도 당분간은 그렇게 수련하는 마음으로 지내야겠다.

일상 속 소소한 서프라이즈

각종 마감이 밀려 한창 바쁜 나날을 보내던 때였다. 흐름이 끊기는 것이 싫어 졸릴 때마다 3시간씩 토막 잠을 자며 몸을 혹사시키기를 며칠째, 그날도 공부방에 한참을 박혀 있다가 거실로 나왔는데 테이블 위에 웬 상자가 놓여 있었다. 건강기능식품이 담긴 상자 위에는 건강 관리를 부탁하는 내용의 손 편지와 함께 우리 부부의 얼굴을 그린 캐리커처가 올려져 있었다. 순간 코끝이 찡해왔다.

남편과 서로 크고 작은 '서프라이즈'를 즐기는 편이다. 말 그대로 몰래 기쁘게 만들어주기 때문에 서프라이즈이지, 사실 거창한 것은 아니다. 가령 남편이 테니스화를 넣을 가방이 없어 종이 가방에 넣어가는 것을 보고는 몰래 주문해 신발장에 놓아둔다든지, 평소에는 챙기지도 않던 100일 단위 기념일에 조각 케이크에 초를 켜고 기다린다든지 하는 것들. 남편 역시 종종 몰래 데리러 오거나, 데이트를 하더라도 "오늘 어디 갈까?" 물으면 "비밀!" 하고 외치기를 즐긴다.

핵심은 '몰래'다. "신발주머니 필요해?"라고 물어보고 주문하는 것이 아니라 몰래 주문해 사소하지만 기분 좋은 놀라움을 선물하는 것. 결과적으로 똑같은 행동을 하더라도 전자가 "어, 고마워" 정도의 감정을 수반한다면 후자는 "이게 뭐야?"로 시작되는 뜻밖의 감동을 선사한다. **이 기분 좋은 사소한 예외들이 모여 서로의 평범한 오늘들을 반짝이게 만든다.**

물론 그에 따른 부작용도 있다. 언젠가 남편이 출장에서 돌아오던 날, 놀라게 해줄 요량으로 말도 않고 퇴근하자마자 부리나케 인천공항으로 향했다. 그런데 도착 예정 시간이 한참 지나도록 그는 나오지 않았다.

잘 도착했다는 전화를 받고 나서야 인천이 아니라 김포공항이라는 사실을 알게 됐다. 이렇게 웃지 못할 해프닝도 종종 있지만, 연애 10년의 세월을 거치면서 어느덧 서프라이즈는 이 관계에 있어 일종의 놀이문화로 자리 잡았다. 이제는 어떻게 하면 서로를 더 놀라게 할 수 있을까 경쟁적으로 연구하기에 이르렀다.

서프라이즈는 상대의 행복을 위한 고민의 산물이다. 당연히 상대를 기쁘게 해주기 위한 목적이 가장 크지만, 발견하기를 기다리는 두근거림과 기뻐하는 모습을 확인하는 재미 또한 쏠쏠하다. 그 옛날 학창 시절 담임 선생님을 위한 스승의 날 깜짝 파티라든지, (대체로 본인보다는) 친구의 고백을 위한 촛불 이벤트라든지, 한 번이라도 서프라이즈를 해줘 본 이라면 알 것이다. 받는 이가 느끼는 것이 감동이라면, 주는 이는 감동과 더불어 설렘, 뿌듯함을 느낀다는 것을.

안정의 다른 말은 곧 단조로움이다. 권태로운 일상과 오랜 관계에 윤활유를 부여하는 것은 그 반대, 예외성뿐이다. **평범한 일상을 특별하게 바꾸는 힘, 소소한 서프라이즈를 오늘 사랑하는 이에게 선물해 보면 어떨까.** 뜬금없이 부모님께 꽃을 보내보는 것도, 고마웠던 친구를 만날 때 책 한 권을 사들고 가는 것도 좋겠다. 옆자리 동료에게 건네는 메모 붙은 캔 커피 하나도 더할 나위 없다. 그 아무리 사소한 것이라도 중요한 것은 상대로 하여금 기분 좋은 놀라움을 느끼게 하는 것, 자신의 행복을 위해 고민하는 이가 있다는 것을 알게 하는 것이다. 기뻐하는 상대의 모습에 가슴속 깊이부터 차오르는 행복감을 올해가 가기 전에 꼭 한번 누려보길 바란다.

Free Internet 말고, Internet Free

몇 해 전 남편과 호주 여행을 다녀왔다. 지금껏 함께한 여행 중 단연 최고의 여행이었다. 방문했던 도시들도 모두 매력적이었고, 만난 사람들도 하나같이 여유와 유머가 흘러넘쳤다. 좋았던 이유를 나열하자면 끝도 없지만, 딱 하나만 꼽으라 한다면 'Internet Free'—Free Internet이 아닌—라 하겠다.

그동안은 출국 때마다 '인터넷'을 준비했다. 통신사 상품, 유심 등을 통해 언세 어디서든 인터넷이 가능한 'Free Internet' 환경을 구현하기에 급급했다. 그래서 도착 이튿날 남편이 처음 "이번엔 유심 사지 말아 볼까?"라고 물어왔을 때 나는 사실 적잖이 당황했다. 아니 그럼 Trip Advisor는? Google Map은? 반신반의했지만 버텨보다 정 필요하면 사지 뭐, 하고 대수롭지 않게 여기는 마음으로 나는 '인터넷 없이 버티기 놀이'에 동참했다.

그렇게 귀국하는 날까지 우리는 유심을 사지 않았다.

Google Map 대신에 종이 지도를 펼쳐 들고, Trip Advisor 대신에 서로의 감에 기반한 조언에 충실했다. 때때로 이 길이 맞을지, 이 집이 맛있을지, 배팅하는 배짱을 부려보기도 하면서, 의도치 않았지만 우리는 아날로그가 주는 다소 불편하지만 설레는 즐거움에 젖어 들었다.

처음 여행을 시작하던 시절, 내게 가장 큰 설렘을 안겨준 것은 종이 지도 위의 낯선 거리 이름들이었다. ○○ Street, ○○ Avenue, ○○ Boulevard 따위의 입에 붙지 않는 이름들을 애써 되뇌면서, 나는 발로 길을 기억했다. 길을 잘못 들어, 왔던 길을 되돌아가는 수고로움도 더러 있었지만, 뜻하지 않게 선물 같은 풍경이나 식당을 만나기도 했다.

잊고 있었다. 길을 잃을 자유, 우연히 들어간 식당이 만족스러울 때의 쾌감.

하지만 단순히 아날로그의 향수만으로 이 여행이 완벽해진 것은 아니었다. 그보다는 메신저, 이메일, 포털 메인의 뉴스, 부동산 시세, 예능 클립으로부터 해방된 Internet Free의 조건에서 오로지 지금 이 순간의 서로에게만 집중하게 된 것이 컸다. 식사 중에 틈틈이 메신저를 확인하는 대신 손을 한 번 더 잡았고, 무섭게 오르는 집값 이야기 대신 서로가 느낀 오늘을 궁금해했다.

결혼한 지 몇 해가 지나자 대화에서 현실 문제가 차지하는 비중이 눈에 띄게 늘어갔다. 연애 때는 어떤 얘기를 했지? 기억이 가물거렸다. 해결책으로 매주 하루만큼은 우리 이야기만 하자 약속했지만 지키기는 쉽지 않았다. 가족, 명절, 야근, 집값, 생활비, 진로, 출산 등 언제나 당장 오늘 몫의 현실들이 산재해 있었고, 메신저로, 메일로, 뉴스로 날아들었다.

잊고 있었다. 내가 이 사람과 함께 있는 시간을 얼마나 좋아하는지, 서로 사랑하는 두 사람이 눈을 맞추고 오로지 서로에 대해 말할 때 그 대화가 얼마나 달콤한지.

Free Internet은 편리하다. 하지만 그로 인해 우리는 길을 잃을 자유와 연결되지 않고 알지 않을 권리를 빼앗겼는지도 모른다. 물론 의도적으로 쓰지 않을 수는 있다. 하지만 Google Map을 켜지 않고 길을 헤매는 것은 흡사 비 오는 날 우산을 손에 들고 쓰지 않는 것과 같이 작위적일 것이다. 메신저를 두고 문자를 쓰는 것, 모바일 메일을 굳이 확인하지 않는 것, 남들 다 아는 뉴스를 나 혼자만 모르는 것 또한 사회인으로서 용납될 리 없다. 가끔은 Internet Free이고 싶다.

다음 여행에도 유심은 사지 않기로 했다. 길을 잃을 자유를 되찾았고, 사랑은 얻고, 돈은 굳었다.

To send, or not to send?

얼마 전 이런 게시 글을 보았다. 오래전에 친했다가 멀어진 친구가 몇 년 만에 전화해서 대뜸 사과를 하더니 아니나 다를까 결혼을 앞두고 있더라는, 이 결혼식에 가는 게 맞는지 고민이 된다는 내용이었다. 댓글은 비난 일색으로 대부분 속이 빤히 들여다보이니 절대로 무시하라는 내용이었다. 비난의 핵심은 만나서 청첩장을 주지 않고 전화로 얘기했다는 것이었는데, 어쩐지 나는 이러한 접근은 위험해 보였다. 전화를 택한 사정이야 모르는 것이고 그보다 중요한 것은 전화를 끊고 나서 글쓴이가 묘하게 불쾌하고 석연찮은 느낌을 받았다는 것 아닐까.

결혼을 앞두고 연락하는 친구들에 대한 괴담에 가까운 경험담들은 주변에서 심심치 않게 들려온다. 여기 내 경험담이 있다. 몇 해 전 결혼을 앞둔 나는 고민에 빠졌다. 한때 친했고, 소중했던 인연이지만 취업 준비를 하고 밥벌이에 천착하면서 조금씩 멀어진 인연들. 이들에게 청첩장을 보낼 것인가 말 것인가. 주자니 그 흔한 '결혼식 앞두고 연락하는 친구' 괴담의 가해자가 될 것 같고, 그렇다고 안 주자니 내 딴엔 소중한 인연을 '결혼식도 초대 안 한 사이'가 되어 영영 놓칠 것만 같았다.

그들 중 몇몇은 고맙게도 결혼 소식을 알리는 내 SNS 게시 글에 먼저 댓글을 달아주었다. "결혼 축하해, 지영아. 나도 꼭 청첩장 줘!" 눈물이 핑 돌만큼 고마웠다. 그리고 또 다른 몇몇에게는 용기를 내어 먼저 연락을 했다. 뜻밖에 반갑게 맞아주는 그 마음들이 고마워서 한달음에 달려갔다. '청첩장 주는 사람'의 예의 예절이 그렇듯, 1, 2차까지 계산을 하고 벅찬 마음으로 돌아서려는데 한 친구의 장난 섞인 마지막 말이 나를 찔렀다. "너 축의금 받으려고 연락한 거 아냐?"

지금이라면 "너 없어도 입사 동기만으로도 결혼식장은 꽉 들어찰 것이고, 네가 낼 축의금 5만 원 중 4만 원은 네 식대로 들어갈 것인데, 내가 오늘 너에게 밥과 술을 산 비용만 근 10만 원이다!"라고 따져 물었을 텐데, 당시에는 그저 아팠던 것 같다. 너무 상처받은 나머지 그 후로는 연락이 뜸했던 사람들에게는 일체 청첩장을 주지 않았다. 그리고 결혼 뒤, 나는 뜻밖의 뒷얘기를 들었다. "걔 결혼했다며? 어쩜 초대도 안 하니?" 과연 내가 결혼 전에 연락을 했다면 결과는 달랐을까. 이러나저러나 욕먹기는 매한가지인 '청첩장 주는 사람'은 그저 서글플 따름이다.

용기 내 건넨 청첩장 때문에 추억까지 퇴색된 관계가 있고 반대로 면구스러운 맘에 선뜻 전하지 못한 탓에 더 멀어진 인연도 있다. 다시 그때로 돌아간다면, 나는 어떻게 해야 할까? 때 아닌 햄릿이 떠오르는 지점이다. To send, or not to send? 참 어렵다.

더러는 정말로 하객 수를 채우기 위해서 혹은 축의금을 회수하기 위해서 오래된 인연을 소환하는 이들도 있을 것이다. 하지만 개중에는 분명 당신과의 놓친 인연의 끈을 다시 이어보고자 결혼을 계기로 용기를 낸 이들도 있다. 그러니 잊힌 번호로부터 결혼 소식을 전해 듣더라도 너무 노여워만 말라. 어쩌면 그에게 당신은 결혼식장에 오지 못해도 축의금을 내지 않아도, 그 핑계로 다시 잡아보고 싶은 손일 수도 있다. 물론 얇아지는 지갑은 어쩔 수 없는 별개의 이슈지만 말이다.

막상 해 보니 '별거'인 것들

어릴 적부터 우리 집은 부모님 결혼기념일을 중요한 가족행사로 챙기곤 했다. 두 분이 만나 결혼하셨기에 우리가 태어났으니 생신만큼 중요하지 않을 이유가 없었다. 데이트하시라며 두 분을 밖으로 내몰고 한 명은 창문에 붙어 망을 보고, 두 명은 고사리 같은 손으로 풍선을 붙이고 과자 상을 차렸다. 잠시 뒤 돌아오신 부모님은 더 이상 놀랍지도 않을 연례행사 같은 서프라이즈에 예외 없이 감동하셨다. 알면서도 속는 체하고, 속는 체하시는 걸 알면서도 속이는 가슴 따뜻한 날들이었다. 어느덧 세 딸은 어엿한 성인이 되어 품을 떠난 지 오래고, 그중 둘은 또 다른 가정을 꾸렸다.

얼마 전 두 분은 결혼 33주년을 맞이하셨다. 당일

아침 엄마로부터 메시지가 왔다. '사랑합니다' 팻말이 꽂혀 있는 케이크 사진이었다. 아빠의 귀여운 서프라이즈에 세 딸의 가슴도 뭉클했다.

별거 아닐 줄 알았는데 막상 해 보니 '별거'인 것들이 종종 있다. '이 어려운 걸 어떻게 이렇게 많은 사람들이 하지?' 유의 것들. 처음엔 '기타'였다. 풍류 좀 즐긴다 하는 이들은 너나 할 것 없이 곧잘 치길래 쉽게 생각했는데, 빠르게 코드를 바꿔가며 주법까지 유지하는 것은 내겐 퍽 버거운 일이었다. **그다음이 '직장 생활'이었다.** 신입사원 시절 고됐던 어느 날의 퇴근길, 나는 3년도 채 안 하고도 이렇게 지치는데 아빠는 어떻게 30년을 넘게 하셨을까 새삼 먹먹한 마음이 일어 지하철에서 혼자 엉엉 눈물을 쏟은 적이 있다.

그리고 그다음이 바로 '결혼'이었다. 어느덧 나도 결혼 5주년을 맞았다. 세상 사람들이 다 하고 살길래 그런 줄로만 알았는데, 막상 내가 해 보니 서로 다른 두 사람이 만나 평생을 사랑하고 배려하며 가정을 꾸려나가는 것은 사실 기적 같은 일이었다. 아직 경험해 보진 못했지만 '부모'가 되는 것은 더 말할 것도 없으리라. 이 어려운 걸 엄마 아빠 어떻게 33년을 하셨을까. 모르긴 몰라도 두 분 또한 많은 우여곡절이 있었을 것이다. 부모님의 맞잡은 두 손이 새삼 더 위대해 보이는 까닭이다.

어릴 땐 슈퍼맨 같던 부모님이 머리가 커 가면서 점점 안쓰럽더니 사회인이 되고 가정을 꾸리고, 막상 해보니 '별거'인 생의 문턱을 하나씩 넘어가면서 다시 태산처럼 커 보인다. 아니, 사실 한 해 한 해 거듭할수록 느끼는 것은 세상살이 자체가 '별거'라는 것인데, 이 어려운 걸 엄만 어떻게 버티고 아빠 어떻게 견디었을까. 예전엔 흘려듣기만 했던 부모님의 조언 하나하나가 가슴 깊이 와 박힌다. 오래전부터 입버릇처럼 하셨던 말씀들의 의미도 이제야 어렴풋하게나마 짐작해본다. "아빠 우리 딸들이 '아, 빨리 집에 가고 싶다' 하는 집을 만드는 게 꿈이야." 이 짧은 말 한마디에 담긴 그 깊은 의미를, 이미 집을 떠난 이제는 조금 알 것도 같다.

시간에도 여백이 필요하다

출근길, 신호등이 깜박이자 모두가 일제히 전력 질주를 시작한다. 아주 지각한 것만 아니라면 나는 되도록 뛰지 않는 편을 택한다. 신호등을 기다리는 2분 남짓한 '허락된 무료함'을 좋아하기 때문이다. 마찬가지로 버스를 타고 이동하는 것 또한 좋아한다. 이동 시간이 길면 길수록 좋다. 차창 밖으로 흩어지는 풍경을 눈에 담으며 죄책감 없이 '낭비'할 수 있는 시간을 즐긴다. 이는 대부분의 시간 동안은 그러지 못한다는 방증이기도 하다.

이제는 제법 유명해진 '멍 때리기 대회'라는 게 있다. 현대인의 뇌를 쉬게 하자는 의도로 2014년 서울광

상에서 처음으로 열렸다. 규칙은 간단하다. 아무것도 하지 않고 멍한 상태를 오래 유지하는 것. 참가자들은 심박측정기를 지닌 채 3시간 동안 말을 하거나 움직일 수 없는 것은 물론, 음악을 듣거나 시간을 확인할 수도 없다. 잠깐이라도 졸 경우 가차 없이 탈락이다. 처음엔 다들 뭐 이런 대회가 다 있나 의아해했지만 점차 취지에 공감하는 모습이다.

현대인은 대개 '시간 효율 강박'에 시달린다. 새롭지 않은 사실이다. 동서고금을 막론하고 강요되어온 시간 절약의 미덕 탓이다. 20대의 내 다이어리 첫 장에도 늘 "시간이 없어 무언가를 못 하는 사람은 시간이 있어도 아무것도 못 하는 사람이다"라는 어디에서 들었는지도 모르는 경구가 적혀 있었다. 아무것도 하지 않고 보내는 비생산적인 시간, 빈둥거리는 시간은 나태, 무능의 상징으로 여겨졌다. 스티브 잡스를 필두로 창의인재가 각광받는 시대에 이르러서야 뒤늦게 적절한 휴식의 중요성을 설파하는 책이 한동안 서점가를 휩쓸기도 했지만, 쉼조차 '투두 리스트(To-do

List)'를 작성하는 것이 여전한 현실이다.

특히 요즈음에는 이러한 강박이 콘텐츠 소비문화와 맞물려 새로운 양태로 펼쳐진다. 20대 전문 연구기관인 대학내일에 따르면, 적막에 대한 거부감과 효율적 시간 사용에 대한 강박이 팟캐스트나 브이로그 등 스트리밍 콘텐츠 선호로 이어진다고 한다. 빈 시간을 빈 상태로 남겨 두지 못하고 무언가를 듣거나 보면서 여백을 지운다. 밥을 먹거나 길을 걸으면서도 콘텐츠를 소비하는, 바야흐로 멀티태스킹의 일상화다.

가장 최근 '무료함'을 느껴 본 게 언제일까. 대부분이 재미없는 영화를 봤을 때 정도일 것이다. 우리는 항상 무언가를 하고, 채워지지 못한 시간, 이름 붙지 못한 하루에 죄의식을 가진다.

가끔은 용도 없는 시간도 필요하다. 죄책감 없이 낭비할 수 있는 그런 시간 말이다. 멍 때리기를 조금 더 격상시켜 표현하면 명상, 사색이다. 비워야 채울 틈이 생긴다. 효율이라는 명목하에 모든 시간을 여백 없이 빼곡히 채우기만 한다면, 그 어느 틈으로도 내적 대화는 이루어질 수 없을 것이다. 실제로 멍 때리기는 뇌 건강에도 큰 도움을 준다고 하니, 이제 그만 해묵은 죄책감을 거두어도 되지 않을까.

시작증후군 환자의 고백

어릴 적 내겐 괴짜 같은 버릇이 하나 있었다. 하루가 목표한 대로 흘러가지 않을 때, 조용히 눈을 감고 벽에 기대 열을 세고는 다시 눈을 떠 마치 아침에 막 일어난 양 새 마음으로 하루를 시작하는 것이었다. 소위 '오늘은 망했다'는 판단이 서면 좀처럼 잘해 볼 마음이 들지 않아 스스로 내린 일종의 처방이었다. 증상에 굳이 이름을 붙이자면 '시작증후군'쯤 될까. 열 살배기의 앙큼한 술수에 얼굴이 달아오르지만 여전히 같은 증상을 앓고 있는 지금, 한편으론 대견하다는 생각도 든다. 물론 이제는 그런 깜찍한 처방일랑 듣지 않는 때 묻은 어른이 되었다.

새해가 밝은 지 어느덧 한 주가 지났다. 연말연시 업무 마무리와 각종 모임, 가족 행사에 치여 좀처럼 엄두를 못 내다 뒤늦게 책상 앞에 앉았다. 빳빳한 새 다이어리에 새해 목표를 하나씩 꾹꾹 눌러 써 내려가는 순간은 사뭇 경건하다. 대부분 지난해에도 비슷하게 쓰여 있었던 것이 문제라면 문제일 터. 운동, 독서, 영어는 단연 대표적인 스테디셀러이다. 이쯤 되면 '생의 목표'로 인정하고 넘어갈 법도 한데, '평생 하겠다'와 '올해에는 꼭 하겠다'는 어쩐지 각오를 다르게 해, 새해를 빌미로 다시금 마음을 다잡는다.

새해가 주는 힘은 이처럼 위대하다. "딱 하루 차인데 어쩜 그렇게 12월 31일이랑 1월 1일에 출석 차이가 많이 나는지 모르겠어요." 잘 아는 헬스 트레이너의 말이다. 영어 학원이나 금연클리닉도 사정은 매한가지. 흥미로운 점은 나를 포함해 생각보다 많은 이들이 시작증후군을 앓고 있다는 것이다. 가령 이미 한 개비 피워버렸으니 '금연은 내년부터'랄지, 이미 한 주나 놀아버렸으니 '학원은 다음 달부터' 등 죄책감과 해방감을 동반한 마법의 주문들을 외고 있다. 덕분에 헬스장

등록률은 연초를 피크로 우하향하고, 중고서점엔 앞장만 풀었다 지운 흔적의 영어 교재들이 산더미처럼 쌓여 있다.

시간은 인간이 목적의식을 가지고 살아가게 하는 기본적인 장치이다. 영화만 봐도 어딘가 고립된 사람이 가장 먼저 하는 일은 날을 헤아리는 일 아니던가. 더 이상 시간의 경과를 가늠할 수 없게 될 때 삶은 '사는 것'이 아니라 '버티는 것'이 된다. 기약 없이 긴 시간은 순간의 소중함을 간과하게 하기 때문이다. 일생 중 하루와 1년 중 하루가 갖는 오늘의 무게는 결코 같을 수 없다. 분명 어제와 같은 오늘일 뿐인데 '연도'라는 가상의 경계로 우리는 새로운 시작을 명명하고 다시 나아갈 동기를 부여받는다.

그런 의미에서 새날의 시작은 반드시 연도가 아니어도 좋겠다. 벽에 기대 눈을 감았다 뜨는 앙큼한 속임수까진 아니더라도 내 나름의 시작증후군 처방을 내려 보는 것은 어떨까. 모르긴 몰라도 해 중반 즈음

'올해는 망했다'며 포기하는 위험을 조금은 덜 수 있지 않을까. 낮잠을 한숨 푹 자고 일어나 뒷산에 올랐다 내려오는 것도, 뜨거운 물로 샤워를 말끔히 하고 따뜻한 차 한 잔과 함께 일기를 쓰는 것도 좋겠다. 어차피 연월일시(年月日時)조차 가상의 경계에 지나지 않으니 핑계의 여지는 있다. 그러니 나도 당신도 올해에는 부디 포기 말라. **마음만 달리 먹으면 매 순간이 새로운 시작이다.**

일일 배우 학교에 다녀와서

휴학생 시절 대학로 소극장에서 보조 연출로 일했다. 딱히 의도가 있어서라기보다는 최고의 문화생활이 어쩌다 한 번씩 보는 연극이던 시절, 단순한 동경과 호기심에서였다. 객석 뒤 오퍼실에서 조명과 음향을 만지면서 초반엔 사고도 참 많이 쳤다. 하지만 노력 끝에 100분짜리 공연의 대사 한 줄, 몸짓 하나까지 달달 외우게 되었고, 그러다 보니 자연스럽게 배우들의 연기에 눈이 갔다. 수십 번도 더 본 장면인데, 배우의 감정 몰입이 좋은 날엔 신기하게도 여지없이 눈물이 났다.

악을 쓰고 펑펑 눈물 흘리는 배우들을 보면서 모

종의 카타르시스를 느꼈다. 그리고 부러웠다. 얼마나 개운할까. 그때였다. 언젠가 나도 한 번쯤 연기를 해보고 싶단 생각을 하게 된 것은. 그로부터 8년이 흘렀다. 크고 작은 일상에 치여 이런 치기 어린 바람은 기억 저편으로 잊혀 갔다. 그러다 얼마 전 우연히 하루짜리 취미 연기 클래스를 발견했고 신청하기에 이르렀다.

그리고 오늘 설렘 반 두려움 반으로 그곳을 찾았다. 처음 본 사람들 앞에서 연기를 할 수 있을까. 지금이라도 돌아갈까. 문 앞에 선 마지막 순간까지 망설였다. 각기 다른 이유로 네 명의 보통 사람이 모였다. 누군가는 단순한 호기심에서, 누군가는 부족한 감정 표현을 늘리기 위해서, 또 누군가는 억눌러왔던 묵은 감정을 해소하기 위해서. 생면부지의 네 사람은 친구가 되어 울기도 하고, 직장 동료가 되어 화를 내기도 했다. 가상의 소주잔을 주고받으며 눈물이 나도록 웃기도 했다.

온전히 지금 이 순간의 감정에만 집중해 또 다른 내가 되어보는 시간. 연기란 말 그대로 'play', 감정을 재료로 한 하나의 '놀이'가 될 수 있음을 깨달았다. 더불어 그간 우리가 감정의 존재를 얼마나 등한시해 왔는지도. 비단 우리뿐만 아니라 한국인들은 대체로 감정 표현에 인색하고 항상 타인을 의식하며 긴장도가 높다. 한국 경제 규모는 2021년 기준 세계 10위인 반면 행복지수는 62위, 자살률은 거의 매년 OECD 1위이다. 그 간극에서 놓친 무언가가 분명 존재한다.

누구에게나 벅찬 하루가 있다. 하지만 그것을 표현하기란 대개 쉽지 않은 일이다. 우울과 같은 부정적인 감정을 드러내는 것은 미성숙의 상징이므로, 성숙한 사회인이라면 응당 감출 줄 알아야 했다. 표현할 경우 어김없이 '어리다'는 딱지가 나붙었다. 반면 감동과 같은 긍정적인 감정을 적극적으로 드러내는 사람은 종종 '오그라드는' 별종으로 치부되곤 했다. **어느 방향으로든 넘치지도, 그렇다고 아주 모자라지도 않는 감정 표현, 어른들은 그것을 '사회성'이라 불렀다. 이것이 행복의 반의어처럼 들리는 것은 비단 나뿐일까.**

공감이 중요하다고들 한다. 하지만 표현 없이는 공감도 없다. 어느 노래 가사 중 이런 말이 있다. "오그라든다는 말은 누가 만든 걸까." **가끔은 어려도 좋고, 오그라들어도 좋다. 조금 더 감정 표현에 관대해질 때 우리, 보다 행복해질 수 있지 않을까.**

있는 그대로의 내 얼굴을 사랑하는 법

비가 퍼붓던 날, 한 스튜디오를 찾았다. 오래전부터 기대해왔던 사진 촬영을 위해서였다. 천편일률적인 인공의 증명사진이 아니라 '있는 그대로의 나'를 찍어준다는 곳이었는데, 예약 경쟁이 엄청나다는 후문에 지레 겁을 먹고 엄두를 못 내던 터였다. 그러던 어느 출근길, 몇 장 남지 않은 달력을 보고 화들짝 놀라 예약을 알아봤다. 마침 운 좋게 대표 작가님 시간을 쟁취할 수 있었다. 여태껏 '사진 한 장'에는 지불해 본 적 없는 가격에 손이 후들거렸지만, 코로나에 장마에 그 어느 때보다도 밑도 낮은 한 해를 보내고 있는 스스로에 대한 나름의 보상이었다. 오랜 기간 고민만 해 오던 버킷리스트는 그렇게 찰나에 현실이 되었다.

마침내 당일, 무려 휴가를 냈다. 퇴근 후 부랴부랴 땀에 젖은 모습을 담고 싶진 않았고, '진정한 나'라고 하면 비단 외관뿐 아니라 의식도 조금은 안정되고 경건한 상태이고 싶었다. 오래 기다려온 선물에 대한 일종의 예의이기도 했다. 촬영 전 근처 카페에서 일기를 썼다. 사진 찍기 전 담고 싶은 이미지와 컬러에 대해 대화를 한다기에 그에 대한 답을 준비하고 싶었다. 한참을 썼다 지우기를 반복하다 결국 예의 낯설고 유명한 식당들처럼 '전문가의 추천'에 기대 보기로 했다.

작가님은 기대했듯 멋진 분이었고 기대 이상으로 진솔하게 대화를 이끌어 주셨다. "어떤 이미지를 남기고 싶으세요?" "글쎄, 모르겠어요. 성격이 밝은 편이라 원색이 맞을 것 같기도 하고, 또 한편으로 그건 보여지는 모습인 것 같기도 하고…." 얼마간의 대화 끝에 촬영이 있었고, 다시 대화가 이어졌다. "원색보다는 오히려 맑은 컬러가 어울리시는 것 같아요." 대화 끝에 찾은 나의 컬러는, 하늘색. "얼굴 중 고치고 싶으신 데 있으세요?" "아 저, 여기가 조금…." "지금 이대로도 너무 좋아요. 강인한 이미지를 지니셨어요." 몇 번의 질문과 납득이 오갔고, 질문이 거듭될수록 나는 왠지 내 얼굴의 구석구석이 조금씩 더 좋아졌다.

그리고 그 끝에서, 생애 처음으로 이목구비 어느 하나 건드리지 않았지만 가장 마음에 드는 사진을 얻을 수 있었다. 자연 그대로의 모습 중 가장 아름다운 찰나를 카메라에 담듯, 있는 그대로의 내 얼굴 중 가장 아름다운 장면이었다. 이렇게 보니 조금 못난 부분도 그런대로 '좋아 보였다.' 예쁘지 않아도 있는 그대로의 그 모습이 더없이 자연스럽고 어엿했다.

세상에 같은 풍경 하나 없지만 제각각 의미와 매력이 있듯, 모든 얼굴에는 각자의 삶과 생각과 개성이 녹아 있다는 것을 태어나 처음 '체험'했다. "저기 걸려 있는 사진을 보세요. 여기가 이래서, 안 좋아 보이나요?" "아뇨, 너무 아름다우신데…." 타인 얼굴의 개성에는 관대하면서 스스로의 얼굴의 '비 평균'에는 얼마나 냉엄했던가. 이래서 마음에 안 들고 저래서 아쉬웠던 곳곳이, 자연 보듯 작품 보듯 타인의 얼굴 보듯 대상화하니 오히려 더 아름답게 다가왔다. 그날의 경험은 단순히 '사진 한 장'을 찍기 위한 과정이 아닌 '체험' 그 자체였다.

여전히 휴대폰 '쌩카메라' 속의 나는 낯설고 창피하다. 가능하면 갖은 필터와 보정 뒤로 숨고 싶고 외려 그 편이 더 친숙하기까지 하다. 그리고 그건, 한 살 한 살 나이를 먹을수록 더욱 달라지기 어려운 사실일 것이다. 하지만 내 책상 위에 떡하니 놓여 있는 그날, '있는 그대로의 나' 중 가장 아름다운 장면을 나는 두고두고 기억할 것이다. 있는 그대로의 내 얼굴을 사랑하는 법. 그 방법을 알고 난 후의 나는 더 이상 전과 같을 수 없다.

추억에 안부를 묻는다

근 몇 달 만에 조심스러운 마음으로 모임에 나섰다. 결혼을 앞둔 대학 동기의 청첩장을 받기 위해서였다. 가뜩이나 1년에 한 번 모일까 말까 한 모임인데, 한참을 집 안에 웅크리고 있다 만나니 그 감도가 배가 됐다.

그 옛날 안주 하나에 몇 시간이고 머물던 학교 근처 소위 '개골목'의 술집을 찾았다. 익숙한 낡은 간판에 가슴이 두근거리기 시작했다. 삐거덕거리는 계단을 내려가자 반가운 얼굴들이 눈 한가득 들어왔다. "선배! 오랜만이에요!" "어머, 너도 왔구나!" 좋아하는 사람 옆에 좋아하는 사람. 한 명씩 보기도 어려운 얼굴들을 한자리에서 만나니 마치 '종합선물세트'를 받은 기분이었다.

주인아주머니, 아저씨께서도 반겨주셨다. 몇몇은 이름마저도 기억해 주셨다. "세상에, 이게 누구야!" "이제 딸이 하나 있어요!" 개강이 늦춰져 힘들다고 하셨다. 10년이 넘는 세월, 메뉴는 물론 가격조차 그대로인 넉넉한 공간에 손님이라고는 우리 테이블뿐이었다. 그 옆의 즐겨 찾던 다른 술집 하나는 코로나 국면 속에 끝끝내 문을 닫았다. 옆집 사장님 이야기를 하시던 주인아주머니의 눈가가 촉촉해졌다. 여기는 진짜 닫으면 안 된다고, 조금만 더 힘내시라고 연신 부탁드리고 뒤돌아 나오는 길, 'IMF 이후 최악의 경제 위기'라는 이 시기, 참 많은 이들의 소중한 공간들이 스러져 갔겠구나 새삼 깨달았다.

뒤이어 학교 광장을 찾았다. 익숙한 조형물이 눈에 들어오자 대학 시절의 추억들이 몽글몽글 피어올랐다. 신입생 시절의 설렘부터 취준생 시절의 불안에 이르기까지, 이른 20대의 희로애락을 함께 나누었던 그 때 그 장소, 그때 그 사람들. "매일 왔던 곳, 매일 봤던 벗." 졸업 기념으로 선물 받았던 컵의 글귀가 절로 떠올라 입으로 되뇌었다. 그 옛날처럼 둘러앉아 좋아하는 노래들을 하나씩 선곡했다. 노랫말을 따라 부르며 한 명 한 명의 얼굴을 다시 찬찬히 들여다보았다. 보고 싶은 마음조차 잊고 살았지만 생각보다 서로가 고팠구나 싶어 피식 웃음이 나왔다.

외롭고 치열했던 때때로 두려웠던 시간들을 돌아보며 느끼는 것은, **결국 우리는 온기 없이 살 수 없는 존재라는 것. 익숙함에 소중한 줄 몰랐던 보통의 나날, 관계들이, 사실은 가장 깨어지기 쉽고 귀한 가치라는 것.**

경계는 늦추지 않되 조금씩 기존의 삶으로 돌아갈 채비를 해야 할 때, 추억의 장소들이, 관계들이 안녕한지 조심스레 안부를 묻는다. 완전한 일상을 되찾을 때까지 부디, 조금만 더 버텨 달라.

타인의 공간

따분한 금요일 오후였다. 바람이나 쐬고 올까 싶어 KTX 예매 창을 띄웠다가 문득 부산에 있는 친구 J가 떠올랐다. “주말에 뭐 함?” “이번 주말? 뭐 없음.” “나 부산 갈까?” 당장 다음 날이었지만 놀 궁리에 불가능이란 없는 법. 교통편과 숙박을 잇따라 예약하고 근처 ‘힙플레이스’들을 리스트업했다. “야, 요즘은 거기보다 여기가 힙하대.” 유흥의 꿈은 야무졌다. 착실히 쌓아온 스트레스 마일리지를 단번에 털어낼 심산이었다.

토요일, 설레는 마음으로 부산에 닿았다. 상기된 얼굴의 J가 마중을 나와 있었다. 결론을 이야기하면 유흥의 꿈은 꿈으로 졌다. 말로만 듣던 J의 오랜 친구와 간단히 저녁만 먹는다는 게 그만 본의 아니게 절친이 되어, 초저녁에 숙소로 초대해 함께 웃음꽃을 피웠는데… 눈을 뜨니 일요일. "술은 역시 낮술이지!" 밤새워 놀겠다는 야망이 무색하게 꿀잠을 자버린 것에 대한 자괴감을 애써 감추며 말하자, J가 미안한 얼굴로 말했다. "있지, 엄마가 집에 초대하고 싶으시대."

어머니께서는 반갑게 맞아주셨다. "어서 와. 식사 준비가 덜 돼서 구경 좀 하고 있을래?" 손때 묻은 액자에서 J의 역사가, 아기자기한 장식에서 J의 성정이 느껴졌다. 누군가의 공간을 들여다보는 일은 실로 오랜만이었다. 특히나 이렇게 성장의 기록이 선연한 공간은. 신혼집이나 자취방은 왕왕 방문했지만 어디까지나 성년의 취향과 의도로 편집된 기록이었다. 그것들이 오늘을 말하는 공간이라면, J의 방은 오늘을 있게 한 공간이었다. 낯선 듯 반가운 감정이 되살아났다. 오래전 하굣길 친구 집에 들렀을 때 느꼈던 감정이었다.

그렇게 본의 아니게 친구의 친구와 함께 놀고 친구

네 집에 놀러 가 친구의 어머니께서 차려주시는 아침밥을 먹은 완벽하게 건전한 여행이 완성되었다. 관계 또한 삶을 형성하는 무형의 공간이라면, 그 여행에서 나는 J의 유무형의 공간을 모두 섭렵한 셈이었다.

공간은 많은 것을 이야기한다. 때문에 타인에게 공간을 열어 보이는 일은 용기를, 타인의 공간을 읽는 일은 조심스러움을 필요로 한다. 이후 J와 한결 더 가까워진 느낌이 든 것은 당연한 일이었을 것이다.

코로나19로 외식이 조심스러워지면서 '홈 파티'가 늘었다. 본의 아니게 타인의 공간에 방문할 일도 역으로 초대할 일도 많아진 것이다. 기존에는 '집에 부를 정도'는 아니었던 사이들이 쉽사리 그 범주 안으로 편입되었다. 초대하는 이는 방문할 이들의 경로와 식성을 염려했고, 방문하는 이들은 초대한 이의 선물 취향을 고민했다. 그 기저에는 찾아올 이들에 대한 신뢰와 내어준 이에 대한 감사가 자리하고 있었다. 서로의 유무형의 공간을 공유한 후에는 실제로도 훨씬 가까워져 있었다. **아이러니하게도 가장 외로운 시기에 가장**

따뜻한 환대를 경험하고 있다.

물론 (집합금지가 강화된) 지금은 그마저도 조심스럽다. 길고 긴 터널의 가장 어두운 부분을 지나고 있다. 부디 이 끝에는 빛이 있길. 그리하여 이 암흑에서 배운 환대의 온기를 더 많은 이들과 나눌 수 있길 바랄 뿐이다. 그날이 오면 못다 이룬 불토의 꿈을 안고 다시 부산을 찾으리라. 그때 나는 친구의 이야기가 깃든 공간 대신 '힙하다'는 술집을 향해 발길을 돌릴 수 있을까. 글쎄, 역시 자신이 없다.

어차피 헤어질 거라면

오래전 홀로 나이아가라 폭포에 갔을 때 일이다. 비수기여서인지 단체 관광객들이 갈 만한 동선을 피해 다녀서인지 한국인이라고는 한 번도 마주치지 못했다. 그러다 캔 맥주라도 사려고 들어선 편의점에서 한국인으로 보이는 사람을 만나 반가운 마음에 말을 건넸다. "혹시, 한국인이세요?" 여기가 좋더라, 이 식당은 별로더라 하는 가벼운 대화가 이어졌고, 한 아름 안은 맥주가 무겁게 느껴질 때쯤 내가 물었다. "아, 이름이 어떻게 되세요?" 순간 그의 당황한 표정을 나는 지금도 잊을 수 없다. "왜, 왜요?"

당시 미국에서 교환학생을 지내던 나는 '어차피 안

볼 사이'에도 이름을 주고받는 것에 거리낌이 없는 이들의 문화에 어느 정도 적응을 한 터였다. 아니, 적응을 넘어 즐기고 있었다는 표현이 더 맞을지도 모르겠다. 때로는 가식일지언정 미소 띤 얼굴로 주고받는 안부가 좋았고, 생면부지 타인의 이름과 일상을 궁금해할 수 있는 여유는 더 좋았다. 같은 버스를 기다리며, 지하철 옆자리에 앉아서, 의도 없이 공유했던 찰나의 시간들은 지나와 큰 추억이 되었다.

그러나 한국인의 정서에는 오늘은커녕 지금 보고 말 사이에 이름을 묻는 것이 다소 공포스럽게 느껴졌으리라. 한국 사회에서 통성명이라는 것은 그런 것이었다. 익명에서 기명이 된다는 것. 서로의 일생에 '행인 1'이 아닌 '조연'이 된다는 것. 이를 부담스럽게 여기는 것은 '어차피 안 볼 사이인데'라는 허무주의가 강하게 작용하기 때문일 것이다. 인연의 길이 내지는 필요로 통성명의 여부, 추억화의 자격을 재단한다.

사실 나도 그러한 허무주의에 빠져 지냈던 시기가 있다. 게스트하우스를 전전하던 배낭여행 시절, 만남과 헤어심을 반복하다 보니 언제부턴가는 이름을 묻는 것조차 소모적으로 느껴졌다. 어느 날부터 인사 외의 소통을 일절 그만두었다. '어차피 헤어질 사이'이니까 그 편이 '효율적'이라고 생각했다. 그리하여 그 여행이 보다 만족스러워졌느냐 하면 전혀 아니었다. 관광지 한두 곳을 더 봤을지언정 도시 자체는 색깔 없이 남았다. 마음을 효율적으로 쓴다는 것이 그만 문을 닫아버린 것이었다. 닫힌 마음으로는 그 어떤 감동도 흐를 수 없었다.

여행이 삶의 환유라면, 인생 또한 크게 다르지 않을 것이다. 모든 인연은 헤어짐을 전제로 한다. 다만 그 길이와 밀도가 다를 뿐. 때문에 '어차피 헤어질 건데'라는 말은 사실 모든 인연에 해당되는 숙명과도 같다. 어차피 헤어질 인연이니 마음을 내어주지 않겠다는 것, 추억으로서의 가치가 없다는 것은 삶 전반에 대한 태도에 다름 아니다. 생의 끝자락에서 바라보는 추억의 가치는 시간의 길이에 비례하지 않을지도 모른다.

기욤 뮈소의 동명 소설을 원작으로 한 영화 〈당신, 거기 있어줄래요〉에 이런 대사가 나온다. "아빠, 만약에 보고 싶은 사람이 있는데 그 사람을 볼 수 없을 땐 어떡해야 돼?" "행복했던 때를 생각해. 그 사람하고 가장 행복했던 순간. 그 기억만으로도 살아져."

우리, 어차피 헤어질 테지만 그래도 추억은 남는다. 때때로 다칠지언정 모든 찰나의 추억을 향해 활짝 열려 있는 사람이고 싶다.

Part 2

정의하기

내 식대로의 행복

다시 쓰는 백문백답

가끔 가슴이 갑갑할 때면, 사회 초년생 시절 처음으로 독립해 머물렀던 동네를 찾는다. 그리 길지 않은 시간이었다. 8개월, 살았다고 하기엔 짧지만 여행했다고 하기엔 충분히 긴 시간. 반짝이는 천이 흐르고 푸른 숲이 우거진, 아기자기한 카페가 즐비한 사랑스러운 동네. 그리고 그곳에 처음 온전히 내 힘으로 마련한 작은 원룸 하나. 퇴근 후 집에 들어설 때면 마치 다른 세계로 들어서는 듯한 착각마저 일었다. 안전하고 포근한 오직 나만을 위한 세계. 그래서인지 지금도 그 동네만 찾으면 가슴이 두근거린다.

그전까지만 해도 나는 내가 취향이 없거나 뚜렷하

지 않은 사람이라 생각했다. 선호가 충돌할 때면 늘 손쉽게 물러서는 쪽이었고 학창시절부터 내 방에는 그 흔한 연예인 사진 한 장 없었다. 그랬던 내가 내 집이 생기자 입맛대로 꾸미는 재미에 푹 빠져들었다. 서툴지만 조금씩 요리도 시작했다. 고등학교 졸업 이후 좀처럼 접할 기회가 없었던 미술 학원에 등록했고, 듣지 않던 음악을 듣고, 보지 않던 영화를 보기 시작했다.

그간 한 번도 누려보지 못했던, 성적표도 합격증서도 없는 '취향 찾기'의 사치에 푹 빠진 꿈같은 시간이었다. 그러다 문득 '백문백답(百問百答)'을 떠올렸다. 어릴 적 다이어리가 한참 유행하던 시절에는 친구들과 서로의 백문백답을 교환하곤 했다. 친구의 취미와 특기가, 가장 좋아하는 색깔과 음식이, 그땐 뭐가 그리도 궁금했을까. 그로부터 20년 가까이 지난 지금까지도 정작 나에 대해서도 잘 모르는데. 그땐 그랬다. 친구에 대해서도 나에 대해서도 궁금한 게 참 많았던 시절이었다.

그렇게 다시 백문백답을 쓰기 시작했다. 무엇을 가

장 좋아하는지 알기 위해서는 일단 해 봐야 했기에, 스스로 질문을 만들고 답을 채워 나가는 과정은 흡사 하나의 놀이가 되었다. 그리고 그것은 곧 습관이 되어 지금도 나는 다이어리 한편에 백문백답을 가지고 있다. 사실 '백(百)'까지는 턱도 없고 그래 봤자 한 '이십문이십답'쯤 될 테니 말하자면 '스무고개'에 더 가깝다. '나'라는 정답을 찾기 위한 스무 가지의 질문. "어떤 작가를 좋아하나요?" "어떤 노래를 좋아하나요?" "좋아하는 여행지는 어디인가요?" "기분이 울적할 땐 주로 무엇을 하나요?" "당신을 가장 행복하게 하는 것은 무엇인가요?" 어린 시절과 달라진 게 있다면, 이제 나를 대신해 내게 이러한 질문을 던지고 더욱이 그 답변을 자신의 다이어리 한편에 소중히 진열해 줄 이는 없다는 것이다.

궁금함은 대개 애정으로부터 기인하고 여유 속에서 자란다. 애정이 없으면 궁금하지 않고 여유가 없으면 궁금할 수 없다. 애정이 사라진 연인 간에 가장 먼저 소실되는 것은 서로를 향한 질문이고, 바쁜 일상에서 가장 먼저 버려지는 것 또한 스스로에 대한 질문이 아니던가. 그러니 오늘, **소중하지만 미처 궁금해하지 못했던 대상이 있다면, 스스로에게 가족에게 연인과 친구들에게 '백문'까진 아니더라도 몇 가지 질문을 던져보는 것은 어떨까.** 당신의 취향은 무엇입니까? 무엇이 당신을, 웃게 합니까?

어떤 작가를 좋아하나요?

어떤 노래를 좋아하나요?

좋아하는 여행지는 어디인가요?

기분이 울적할 땐 주로 무엇을 하나요?

당신을 가장 행복하게 하는 것은 무엇인가요?

당신을 정의하시오 (*200자 이내)

기고 기사와 관련해 짧은 자기소개를 요청 받았다. 하는 일과 지향점을 포함한 200자 자기소개를 쓰는 일이 2,000자 자기소개서를 쓰는 일보다 어려울 것이라고는 미처 생각지 못했다. 나의 역할과 철학을 두세 문장으로 축약해 정의하는 것은 생각보다 어려운 일이었다. 마치 '나'라는 단어의 표면적, 심층적 의미에 대해 사전적 정의를 내리라는 숙제를 받아 든 기분이었다.

한국 사회에서는 통상 "무슨 일 하세요?"라는 물음에 '회사명'으로 답한다. "○○ 다녀요." 하지만 타국에서 만난 이들의 경우 이런 대답을 들으면 의아해하며 되묻곤 했다. “그래서 너는 무슨 일을 하니?” 그들에게 어떠어떠한 회사에 재직 중이라는 것, 즉 회사원은 직업이 아니었다. 고용주가 아닌 피고용인, 단지 그뿐. 내가 하는 일을 회사명 외의 것으로 정의하기 시작한 지는 그리 오래되지 않았다.

하는 일을 정의하는 것보다 사실 더 큰 문제는 바로 지향점이었다. 나의 가치관, 내가 추구하는 방향을 스스로 어렴풋하게나마 인지는 하고 있어도 그것을 문장으로 정리해 본 적은 감히 없었다. 기한이 있으니 어찌어찌 완성해 내놓기는 했지만 찜찜하기 그지없었다. 이후 물음 하나가 가슴에 남았다. “당신을 정의하시오.”

그러다 영화 한 편을 보게 되었는데 어쩐지 그 물음과 맥을 같이한다고 느껴졌다. 영화 〈내가 죽기 전에 가장 듣고 싶은 말(The Last Word)〉에서 주인공 해리엇(셜리 맥클레인)은 죽음을 직감하고 자신의 사망기사를 미리 쓰기 시작한다. 자신이 죽었을 때 듣고 싶은 말들을 앞서 생각하고 그에 맞춰 자신의 삶을 개조하기로 한 것이다.

그는 자신이 정의되고 싶은 키워드를 다음과 같이 꼽았다. '가족의 사랑', '동료들의 인정', '선한 영향력', 자신만의 한 방인 '와일드카드.' 완벽하고 이상적인 엔딩을 위해 그는 각각의 요소에 맞는 재료들을 준비하기 시작한다. 자칫 우스꽝스럽게 여겨질 수도 있는 대목인데 나는 무릎을 탁 쳤다. 미리 쓰는 유언장이 인생무상의 자기반성적 성격이 짙다면, 미리 쓰는 사망기사는 관계, 업적, 가치의 측면에서 좀 더 객관화된 시각으로 삶을 들여다보게 하는 것이 아닌가.

영화를 보다 보면 자연스럽게 해리엇이 고른 항목에 스스로를 대입하고 있는 나를 발견한다. 몇몇은 그럴듯한가 싶다가도 또 어떤 것들은 딱히 자신이 없다. 이윽고 '나라면?' 하는 물음이 고개를 든다. 나라는 존재의 최종적 정의를 위해 나는 어떠한 요건들을 고려할 것인가. 이쯤 되면 머릿속에서는 이미 내 사망기사를 미리 써보고 있다.

내일 당장 내가 죽는다면, 나는 어떤 말들로 정의될까. 나아가 나는 어떤 말들로 기억되고 싶은가. 삶의 엔딩에서 나를 정의 내릴 말들을 미리 고민하고, 오늘 나의 정의와의 간극을 메우는 일. 보다 만족스러운 엔딩을 맞이하기 위해 반드시 필요한 일이 아닐까 문득 생각해본다. 이를테면, 모르긴 몰라도 자신의 일을 사랑했던 사람으로 기억되고 싶은 것은 분명하므로 일단 오늘은 거기에서부터 시작해야겠다.

하는 일과 지향점을 포함해 당신을 정의하시오. (*200자 이내)

좋아하는 일, 잘하는 일, 돈 버는 일

"어릴 때 취미랑 특기 헷갈리지 않았어?" 나만 그런 줄 알았더니 여기저기서 맞장구를 친다. 사물함에 취미, 특기, 장래희망을 써 붙이던 시절, 고작 열 해 가까이를 산 어린이에게 '취미'와 '특기'를 구분하는 것은 퍽 버거운 일이었다. 취미는 좋아하는 것, 특기는 잘하는 것이라는 선생님의 부연 설명을 듣고 나서도 의아하기는 마찬가지였다. '같은 거 아닌가?'

그림 그리기를 좋아했고, 또래 대비 곧잘 하는 편이었다. 좋아해서 잘하게 된 건지, 잘해서 좋아하게 된 건지 선후관계는 분명하지 않았지만 중요하지도 않았다. 자연스럽게 커서도 관련된 일을 하는 사람이 되겠거니 했다. '취미: 그림 그리기, 특기: 그림 그리기, 장래희망: 화가.' 취미=특기=장래희망의 등식이 성립하던 시절이었다. 흥미와 역량을 분리해 생각하기 어려웠던, 그것들이 너무나 매끄럽게 밥벌이로 이어질 거라 오해하던 시절.

그러나 발 디딘 세계가 넓어질수록 '좋아하는 것'들의 배신이 줄을 이었다. 숱한 관심과 시도들이 '잘하는 것'이 되지 못한 채, 취미의 경계에서 피고 졌다. 오랜 시행착오를 거쳐 이제 나의 취미란에 탈락 없이 머무는 것들은 주로 '잘함'에 대한 기준이 없거나 불필요한 것들—여행, 독서 등—이다. 혹은 잘하고 싶지만 그러지 못하는 것들, 즉 '좋아(만) 하는 것들.'

'특기' 란을 채우는 데에는 점점 용기가 필요했다. 스스로 무언가를 '잘한다'고 명명하는 것에 대해 면구스러움을 넘어 가소로운 마음마저 일었다. 자기 검열로부터 자유롭기 위해서는 최소한의 증빙이 필요했다. 주로 점수나 타이틀로 대변되는 것들이었다. 오랜 기간 '취미'의 칸에 갇혀 있던 '글쓰기'는 청탁을 받고 글을 쓴 지 몇 해가 지나서야 슬그머니 눈치를 보며 '특기'의 칸으로 넘어올 수 있었다.

그러므로 이제는 안다. 좋아하는 것은 결코 잘하는 것과 같지 않으며, 돈 버는 것과는 더욱이 다를 수밖에 없다는 것을. '좋아하는 일=잘하는 일=돈 버는 일'의 등식이 성립할 확률은 극히 희박하다는 것을. 좋아하기보다는 그럭저럭 잘하는 일로 돈을 벌고, 못하지만 좋아하는 일을 위해 기꺼이 자원과 마음을 할애한다. 몇몇은 잘하는 일의 영역으로 옮겨올 수 있지 않을까 은밀한 욕심을 내보기도 하지만, 돈을 벌 깜냥은 안 될 것이다.

그러나 이제는 또한 안다. 좋아하는 일, 잘하는 일, 돈 버는 일이 반드시 같아야 할 필요도 없다. 순수한 애정에 의무가 깃들 때, 때로는 부담이 설렘을 가로막기도 한다. 각각이 역할을 나누어 분화되어 있는 존재 방식도 사실은 썩 괜찮다. 어떤 일은 생각만으로 가슴이 뛰고 시도만으로 삶을 기대하게 한다. 어떤 일은 생계와 무관한 영역에 남도록 지킬 수 있어 다행이다. 그리고 어떤 일은, 이 모든 일들이 지속될 수 있도록 일상을 지탱한다.

이런 마음으로, 오늘도 출근을 한다. 출간 원고 작업이 한창이지만 감사히도 생계와는 무관하니 마음에 여유가 있다. 이달부터는 재즈보컬을 배운다. 영 자신은 없지만, 가슴이 뛴다. 그것으로 이미 충분하다.

좋아하는 일

잘하는 일

돈 버는 일

그 많던 꿈들은 어디로 갔을까

처음 만난 사람에게 곧잘 던지는 질문이 있다. "취미가 어떻게 되세요?" 얼핏 '소개팅' 멘트 같지만 상대를 이해하기에는 이만한 게 없다. 그러다 보면 의외로 취미가 같아 급속도로 친해지기도, 첫인상과는 전혀 다른 상대의 모습을 발견하기도 한다. 가령 한없이 수줍어 보이는 동료가 주짓수를 한다든지, 항상 무리 속에 섞여 음주가무를 즐기던 친구가 알고 보니 (나처럼) '주기적으로 홀로 됨'을 필요로 하는 사람이라 틈만 나면 혼자 카페로, 여행지로 도망을 간다든지. 겉으로는 알 수 없는 타인의 이면을 파악하는 데에 있어 취미는 상당히 많은, 구체적인 정보를 함축적으로 제공한다.

그에 못지않게 즐겨 묻는 것이 바로 어릴 적 장래희망이다. 취미가 타인과의 관계를 여는 지름길이라면 장래희망은 잠시나마 마주 앉은 이의 역사를 들여다보게 하는 앨범이다. "어릴 때 장래희망이 뭐였어?" 물으면 대개는 당황한다. "어릴 때?" 머뭇거리며 내놓는 답변은 뜻밖인 경우가 많다. "나 대… 대통령이었던 것 같아." 대통령이 되지 못한 마케터 친구는 서울 강남역 언저리에서 사교육 시장의 부흥을 위해 힘쓰고 있다.

나의 장래희망은 시시각각 변했다. 어린 시절, 내 꿈은 화가였다. 생일 선물로 스케치북을 박스째로 받던 때였다. 그려 봤자 예쁜 옷을 입은 공주나 세일러문 정도였지만 종종 주변에서 그림을 부탁하곤 했으니(심지어는 사가기도 했다!) 자질은 충분한 줄 알았다. 머리가 크면서 화가는 그런 그림을 그리지 않는다는 것을 알게 되었다. 그다음은 선생님이었다. 공부를 제법 했고 친구들이 모르는 문제를 물어오면 알려주는 것도 퍽 좋아했다. 그 꿈은 꽤 긴 시간 이어져 '좋은 선생님'

으로 구체화됐다. 그랬던 어느 날 한 악명 높은 선생님의 말 한마디로 그 꿈은 산산조각 났다. "나도 옛날에는 니들 혼내고 뒤돌아 울고 그랬어!"

일일이 열거할 수도 없고 그러기도 창피하지만 그 뒤로도 숱한 꿈들이 피고 졌다. 대부분은 마음이 떠났고 일부는 마음을 접어야 했다. 되고 싶은 게 참 많았다. 그렇게 돌고 돌아 지금의 내가 되었다. 만족스러운 직장에서 원하는 일을 하고 있으니 감사한 일이지만, 내 꿈의 역사를 살펴보면 종종 괴리감이 들 때도 있다.

누군가는 대통령이었고 누군가는 화가였다. 누군가는 우주비행사였고 과학자, 가수, 심지어 공주였다. 그 많던 꿈들은 다 어디로 갔을까. 세상을 아는 만큼 꿈의 폭은 좁아졌다. 장래희망은 선택할 수 있거나 선택해 마땅한 '직업'의 궤도 안을 맴돌았다. 재고 따지는 것들이 많아지면서, 불가능의 언어를 알게 되면서, 꿈꿀 수 있는 것만 꾸게 됐다.

그러나 박막례 할머니는 70대에 세계적인 유튜버가 됐다. 시바타 도요는 86세에 시를 쓰기 시작해 99

세에 첫 시집을 냈다. 결말을 논하기엔 아직 너무 이르지 않을까. 혹시 아는가! 앞서 말한 그 친구가 교육계를 혁신해 먼 훗날 대통령이 될지. 덧붙여 사실, 조금은 자위적일지라도, 꼭 무언가가 되지 않아도 괜찮다. **장래희망이 여전히 직업과 동의어일지언정 직업과 꿈은 동의어가 아니니까.** 직업으로 정의되지 않는 꿈도 있다는 것을 이제는 아니까. 예전엔 되고 싶은 게 많았다면 지금은 하고 싶은 게 참 많다. **무언가가 되든 되지 않든, 오늘 나의 꿈은 지금 이곳에 분명히 실재한다.**

어릴 때 '장래희망'은 무엇이었나요?

지금 당신의 '꿈'은 무엇인가요?

MBTI 지표 너머 필요한 것은

MBTI가 유행이다. 누구나 한 번씩은 다 해봤던 그 MBTI 이야기가 맞다. 그 옛날 혈액형별 유형 구분이 일반적이었듯 요즘은 MBTI로 통한다. 이를테면 "너 B형이지?"를 "너 E형이지?"가 대체한 셈. MBTI는 4개의 기준에서 각각 양극단을 나타내는 지표를 조합해 총 16가지의 성격 유형을 제시한다. 에너지의 방향(E 외향성-I 내향성), 선호하는 인식 방법(S 감각형-N 직관형), 선호하는 판단 방법(T 사고형-F 감정형), 선호하는 삶의 패턴(J 판단형-P 인식형)으로 나뉜다.

이 중에서도 시작이 'I'냐 'E'냐가 주요 쟁점인데, 이는 마치 활발한 사람과 그렇지 않은 사람(더러는 '인

싸'와 '아싸'까지도)을 구분하는 척도처럼 여겨지기도 한다. 나는 ENFJ, '정의로운 사회운동가형'이다. 하지만 '에너지의 방향'이 어디냐고 묻는 것이었다면 무조건 I(내향성)여야 맞았다. 애초에 70억 인구를 16가지 유형으로 구분한다는 것 자체가 어불성설이니(심지어 온라인에서 유행하는 테스트는 정식 테스트와도 다르다) 재미로 봐야 맞지만, 문득 반기를 들고 싶어지는 지점이다.

"다른 사람들에게 자신을 소개하는 것을 어려워합니다." - 비동의

"보통 대화를 먼저 시작하지 않습니다." - 비동의

"주목받는 일에는 관심이 없습니다." - 비동의

활발한 편이고 사람들 만나기를 즐긴다. 하지만 이는 내가 에너지를 얻는 방향과는 무관하다. 1시간의 모임을 위해서는 2시간의 홀로됨이 필요하고, 주말 이틀 중 하루는 가능한 혼자 시간을 보낸다. 함께 먹는 점심도 좋지만 일주일에 한두 번은 조용히 카페에서

책을 읽으며 식사를 즐긴다. 사춘기를 난 이래로 줄곧 혼자만의 물리적·심리적 공간은 나를 지탱하는 필수 요건이었다.

한때는 이런 자신이 스스로도 이해되지 않았다. 원래는 사람을 좋아하지 않는데 애써 노력하는 것인가 하면 또 그런 것도 아니었다. 만남과 교류를 진심으로 좋아했고, 그로부터 얻는 즐거움과 위로 또한 분명 있었기 때문이다.

그러던 학부 시절, 도리스 레싱의 소설 《19호실로 가다》를 읽었다. 겉보기로는 완벽한 가정의 엄마 수전은 자기만의 공간을 갖고자 매일 외진 호텔의 '19호실'로 향한다. 그곳에서 아무것도 하지 않고 완전히 고립됨으로써 그는 비로소 온전한 자기 자신을 마주한다. 이를 알아챈 남편이 불륜을 의심하지만 그는 해명을 포기한다. 드라마 〈이번 생은 처음이라〉에서 나온 표현을 빌리자면 "이해받지 못하는 걸 설명하는 것보다 미친년 되는 게 더 쉬우니까."

어쩌면 나는 그저 남들보다 좀 더 자주 많은 19호실을 필요로 하는 사람이었는지도. 간헐적 고립의 욕구를 해소해 줄, 그럼으로써 다시 역할과 관계 속으로 나아갈 에너지를 채워줄 자기만의 공간. 누구에게나 19호실은 필요하겠지만 그 빈도와 크기는 제각각이어서, 누군가에게는 평생에 찰나이면 족할 것이 누군가에게는 매일을 지탱하는 구성요소일 수도 있다. **그리고 E나 I 같은 지표는, 그 내밀한 이야기를 담지 못한다.**

예능을 다큐로 받아들이는 '진지충'이 되고 싶지는 않지만, 순전한 노파심으로 글을 마무리한다. **MBTI는 고개를 들어 서로를 다시 한번 확인하는 계기를 만들어줄 뿐이다. 그다음 우리에게 필요한 것은 지표 너머의 대화가 아닐까.**

'○○척'의 힘

'○○척'이라는 말은 대개 상대를 깎아내리기 위해 사용된다. 때문에 그런 유의 표현을 들은 날은 모멸감에 밤새 잠을 못 이루곤 했다. '척'을 한다는 것은 갖지 못한 것을 가진 척하는 것이고, 이는 부끄러워해 마땅한 일이며, 당연히 해서는(혹은 하는 것처럼 보여서는) 안 될 일로 여겨져 왔다.

그러던 어느 날 한 광고를 보았다. 다양한 이들이 마케팅, 글쓰기 등 각기 전문 분야에 대해 강의를 하는 플랫폼이었다. 문득 그런 생각이 들었다. '이 사람들은 진짜 자신이 있을까?' 물론 '넘사벽'인 이들이 대다수였지만, 나와 연차나 경력이 비슷한 이들도 더러 있었다. 그러나 그들에게는 있고 내게는 없는 것, 바로 '자기 확신.' 어쩌면 일부는 여전히 나처럼 '자기 의심'에 시달릴지도 모르지만, 최소한 링 위에 오를 용기가 있는 것은 자명했다. **때로는 부족할지라도 '전문가인 척', 즉 전문가여야만 하는 환경으로 스스로를 내모는 것이 실제 그렇게 거듭나는 지름길일 수 있다.**

학부 시절 과외 경험이 떠올랐다. 재수생을 대상으로 영어를 가르쳤는데, 낯선 단어가 나왔다. 나는 당황해하며 '화장실 찬스'를 썼다. 휴대폰으로 잽싸게 검색하고 돌아와 수업을 이어나간 것이다. 이후 예습은 기본이 됐다. 당시의 나는 확실히 전문가는 아니었지만, 그런 척 애쓰다 보니 그럴싸한 영어 선생님이 되어갔고 그 친구도 퍽 만족스러운 성적을 받게 됐다.

직장에서의 일화도 떠올랐다. '○○전문가'라는 사람이 합류했는데, 머지않아 발견한 그의 특성은 '확신의 말'을 곧잘 한다는 것이었다. "이렇게 하면 안 됩니다." "제가 압니다." 돌아보니 그것이야말로 전문가와 아마추어를 가르는 큰 차이였다. 아마추어는 결코 확신의 말을 하지 않는다. "~인 것 같아요." "~라고 생각합니다." 언제든 도망칠 여지를 남겨둔다.

자기 확신에 서툰 나지만 학부생들을 대상으로 몇 차례 특강을 한 적이 있다. 밤을 새운 준비 끝에, 최선을 다해 전문가인 척 확신의 말을 열거하다 보면 목표하는 모습에 일정 부분 가까워진 듯한 느낌이 든다. 원하는 상을 그리고 그것을 이룬 것처럼 행동하다 보면, 비로소 부족한 점이 보이고 그것을 채워 나가게 되는 것이다. 내가 완벽한 영어 선생님인 것처럼 보이기 위해, 모르는 단어를 몰래 공부해 채워 나간 것처럼.

시간이 지나고 노력이 쌓이면, 열반에 오르듯 그 어느 날 자기 확신이 완성될까. 어쩌면 '어른'의 개념만큼이나 추상적인 게 '전문가'는 아닐까. 한 살 한 살 나이만 먹고 역할만 늘었지 영영 성취되지 않는 상태인 '어른'처럼, 한 해 한 해 연차만 쌓이고 경력만 늘었지 아는 게 많아지는 만큼 모르는 게 많다는 것 또한 깨달아버리는, 영영 성취되지 않는 목표가 '전문가'일지도. 무언가를 '잘한다'는 것은 '잘산다'는 것만큼이나 끊임없는 의심의 과정인지도 모르겠다.

그런 의미에서, 더 많은 '전문가인 척'을 시도해 보기로 한다. 더 많은 '확신의 말'을 해보기로 한다. 부족한 경력, 부족한 실력이지만 더 많은 시험 혹은 기회 앞에 스스로를 세워보고, "~인 것 같아요" 대신 "~입니다"를 쓰며 내뱉은 말로부터 도망치지 않기로 한다. 무엇보다 타인의 용기를 자만으로 폄하하지 않기로 한다. **부족하게나마 '척'하며 보완해나가는 이들만이 진실로 그곳에 도달할 수 있다.**

힙하지 않아도 괜찮아

"왜 그거 있잖아요, 요즘 유행하는."

매달 한 번씩 참여하는 마케팅 독서 모임에 가면 토론임에도 입보다 손이 더 바쁘다. '왜 나만 모르지?' 요즘 핫하다는 브랜드, 인플루언서, 유행어가 노트 한 면을 가득 채운다. 그뿐인가. 직업이 직업인지라, 매년 하반기에는 20대 트렌드를 주제로 하는 콘퍼런스에 참석하고 책상 위에는 'Z세대 리포트' 같은 유의 책들이 잔뜩 쌓여 있다. 어리지만 어리지만은 않은 나이, 서른셋. 어느덧 띠동갑이 성인이 되고 점점 '공부'하지 않으면 트렌드 따라잡기가 버거워지는, 트렌드 변화보다 부동산 정책 변화에 더 민감하게 반응하는 나이가 되어 버렸다.

이번 생이 처음이듯 이 나이도 처음이라 문득 모두가 으레 거쳐 가는 감정인 걸까 궁금해진다. 내가 하는 것이 곧 '요즈음의 것'이던 20대 초반. 각종 리포트가 뭐라 해석하건 오늘 나의 하루가 실체이고 정답이던 때, 숨만 쉬어도 트렌드의 중심이던 그땐 트렌드 채집을 위해 별도의 에너지를 할애할 필요가 없었다. 어느 정도 변두리로 밀려난 지금 이 소외감이 낯설다 못해 조금은 멋쩍기까지 하다. 이렇게 조금씩 사회라는 스테이지의 주인공 역으로부터 멀어지는 것이겠구나, 고작 30대 초반에도 이러면 후에는 어떤 기분일까 생각하니 씁쓸함이 인다.

트렌드와 영감 포화 시대다. 직접 발품을 팔지 않더라도 인사이트 제공을 목적으로 하는 창구는 넘쳐난다. 나만 해도 팔로우한 계정과 구독하는 콘텐츠만 수십, 수백 개에 이른다. 다들 어쩌면 그리도 부지런한지 누가 시킨 것도 아닌데 열심히 기록하고 공유한다. 그리고 그 양질의 콘텐츠를 이용하는 대가는 '구독'과 '좋아요'면 족하다. 접근이 쉬운 만큼 혹시나 뒤처지지 않을까 하는 불안감도 만만치 않다. 조금만 부지런을 떨면 수집이 가능하다는 것은 바꿔 말하면 트렌드 소외가 곧 게으름의 징표가 되었음을 뜻하기 때문이다.

타이핑보다 손 글씨를 좋아하고, 유튜브보다 종이 책을 좋아한다. '○리단길'의 힙한 카페도 좋지만 칠이 벗겨진 노포에서의 소주 한잔을 더 좋아한다. 트렌디한 것도 좋지만 한결같이 그 자리에 있는 것들에게 어쩐지 더 정감이 간다. 변하는 것보다 변하지 않는 것을 더 좋아한다고 하면, 누구보다 세상의 변화에 민감해야 하는 마케터로서의 직무유기일까. '라테'를 파는 고루한 세대가 되고 싶지 않은 마음, 세상의 중심 물결로부터 멀어지고 싶지 않은 마음과 익숙한 세계 안에서만 게으를지언정 안락하게 머물고 싶은 마음이 어지러이 공존한다.

굳이 답을 찾자면 '균형'이겠지만 말처럼 쉬운 것은 아니다. '그깟 거 모르면 어때' 싶다가도 재미로 본 '신조어 고사' 낙제점에 어쩔 수 없는 옛날 사람임을 자각하며 시무룩해지고야 마는 것이 현실이니까. 그저 때때로 쏟아지는 트렌디함에 지친 스스로에게 이렇게 말해주고 싶다. "힙하지 않아도 괜찮아." **사회라는 스테이지 위, 트렌드라는 줄거리에서의 주인공은 못 되더라도 우리, 각자가 그린 줄거리에서만큼은 언제든 주인공일 수 있을 테니.** 그저 오늘 나의 할 일은 내 몫의 줄거리를 성실하고 줏대 있게 써 나가는 것이 아닐까.

혼밥은 죄가 없다

"식사하시죠." 낮 12시 30분, 사람들이 우르르 일어설 때 눈인사로 '맛있게 드세요'라는 의사 표현을 대신한다. 상대적으로 자유로운 IT 회사의 분위기 덕이 크겠지만 고맙게도 누구 하나 핀잔을 주지도 캐묻지도 않는다. 그제야 다이어리와 책 한 권을 챙겨 나와 '혼밥'을 즐긴다. 간단한 식사를 마치고 카페에서 일기를 쓰기도 하고 책을 읽거나 공부를 하기도 한다. 그렇다고 사회 부적응자나 사교성이 부족한 사람은 아니다. 단지 내게 이 시간은 하루의 중심을 잡는 작은 평화일 뿐이다. 주 5일 이상을 타인과 부대끼며 지내는데 하루 한 시간만큼은 온전히 나에게 집중하고 싶다.

처음부터 '프로 혼밥러'는 아니었다. 스무 살, 교실 울타리를 벗어나 겪는 관계의 풍파에 걸핏하면 외로워지기 일쑤였다. 그때마다 연락처를 뒤지며 점심은 누구와 먹을지, 공강은 누구와 보낼지 고민했고 스케줄러는 빙고게임 하듯 빽빽이 채워져 갔다. 그땐 남들이 기꺼이 시간을 할애해 줄 만큼 '괜찮은 사람'이 되고 싶었다. 거절에 대한 두려움과 스스로에 대한 실망으로 점철된 날들이었다. **혼자를 연습하며 비로소 단단해짐을 느꼈다. 혼밥 경력 10년, 동행에 구애받지 않고 먹고 싶은 것이 있으면 먹고, 가고 싶은 곳이 있으면 갈 수 있는 완전한 자유를 얻었다.**

2030의 혼밥이 트렌드가 되면서 혼술(혼자 술 마시기), 혼영(혼자 영화 보기), 혼여(혼자 여행하기) 등 각종 신조어가 파생되고 있다. 포털 메인 단골로 자리 잡은 지도 오래다. 그때마다 붙는 수식은 '외로운 청춘', '혼자가 편해요'와 같이 온통 부정적, 병리적 현상으로 조명하는 표현들뿐이다. '관태기(관계 권태기)', '포미족(For Me族)' 등 거창한 용어까지 들어가며 원인과 문제점을 분석한다. **고작 밥 한 끼 혼자 먹는 것에 왜 이리 많은 설명이 필요한 걸까.**

물론 혼밥이 우리 사회의 복합적인 이슈를 대변하는 키워드일 수는 있다. 1인 가구의 증가와 '개취존(개인 취향 존중)', '욜로'와 같은 가치관의 변화에 따른 결과이며, 청년 취업난과 '3포 세대', '인구절벽' 등 사회 문제와도 무관하지 않은 것이 씁쓸한 현실이다. 하지만 관련 기사들이 줄기차게 지적하는 혼밥족의 영양 결핍이나 알코올 의존증, 인간관계 단절은 별개의 사회 문제이지 혼밥의 잘못이 아니다. 상관관계는 있을지언정 인과 관계는 성립하지 않는다는 이야기다.

혼밥이 단절과 고립을 야기한 걸까. 그것들은 늘 그 자리에 있어 왔다. 그나마 이제는 혼자서도 맛있게 먹고 재밌게 놀 수 있는 문화가 생기고 있다. 현장르포 유의 기사들이 제시한 프레임에서 벗어나 혼밥의 가치를 다시 논해봐야 하지 않을까. 혼밥 열풍 이후 혼자를 즐기는 청춘이 늘었다. 홀로 먹고 떠나면서 이들은 스스로를 위로하는 법을 배우고 온전히 자신에게 집

중할 기회를 갖게 될 것이다. **혼자여야 한다는 것이 아니다. 혼자일 수도 있어야 한다는 것이다.** 언젠가는 혼밥이 아프고 외로운 청춘이 아닌 단단하고 건강한 청춘을 상징하는 날이 오길, 그리하여 대수롭지 않은 밥 한 끼가 되는 날이 오길 바라본다.

퇴사하면 행복할까

또 한 명의 지인이 퇴사하고 세계여행을 떠났다. SNS에 큰 배낭을 멘 사진과 함께 해시태그를 남겼다. '#지금이아니면안될것같아서.' 그의 선택을 응원하고 그 확신이 부러운 한편 미묘한 감정이 일었다. 나의 시작을 떠올렸다. 합격자 발표일, 긴장을 추스를 길이 없어 무작정 집을 나섰다. 조조영화를 보고 이 골목 저 골목을 훑고 다녀도 시간은 더디게만 갔다. '최종 결과', 메일의 제목만으로 가슴이 내려앉았다. 눈을 질끈 감고 열어본 메일에는 그토록 바라던 합격이 있었다. 끝났다. 안도의 눈물이 터져 나왔다. "엄마, 나 합격했어!" 그토록 간절했다, 그땐.

하지만 언제부터인가 퇴근을 위해 하루를, 주말을 위해 평일을 대기하는 삶이 이어졌다. 평일의 하루 8시간 혹은 그 이상은 수단으로서만 존재했다. 행복한 삶은 SNS의 사각 프레임 안에서 퇴근 후, 주말로만 편집됐다. 회사에서 멀어질수록 행복의 감도는 높아졌다. 행복은 회사 안보다는 바깥에 있었다.

사춘기 시절 방황의 자유를 빼앗긴 이들은 서른 즈음 뒤늦은 방황을 시작한다. 이유는 하나, 행복하지 않아서. '이러려고 그렇게 공부했나' 하는 회의. 행복할 권리를 되찾겠다는 호기로 사표를 던진다. 직장인 사춘기 혹은 오춘기라 불리는 전대미문의 집단방황 현상. 여행으로 유학으로 대학원으로 하나둘 회사를 떠나는 이들을 보며 묘하게 뒤처지는 기분이 들 때도 있다. 퇴근은 기다리면서 퇴사는 하지 않는 소시민성에 죄책감마저 느껴진다.

퇴사가 유행이다. 한 직장을 정년까지 다니던 아버지 세대에서 개인의 경력을 중심으로 지속 가능한 '업(業)'을 탐색하는 세대로 옮겨가는 과정이다. 서점가를 잠식한 퇴사 열풍은 더 이상 놀랍지 않다. 당장 검색만 해도 관련 콘텐츠가 넘쳐난다. 하지만 대부분 회사 생활이 얼마나 부당한지 퇴사를 결심한 당신이 얼마나 용기 있는지 이야기할 뿐이다.

퇴사만 하면 행복해질까. 증상에 따라 처방을 달리해야 함에도 불구하고 마치 퇴사가 만병통치약인 것처럼 설파되는 것은 위험해 보인다. 멈추는 것만이 답은 아니다. 취업준비생 시절 나를 힘들게 한 것은 조급함이었다. 퇴사를 이유로 조급해진다면 외려 시간이 늘어도 마음은 쉴 수 없을 것이다. 나에게 필요한 것이 퇴사인지, 단 며칠간의 돌아봄인지 따져볼 노릇이다.

중요한 건 퇴사 여부가 아니다. 퇴사는 행복해 보이겠다는 선언적 의미와 다름없다. 물론 이후 업그레이드된 경험과 삶의 태도로 존경스러운 삶을 꾸려나가는 이들도 많다. 다만 경계하고 싶은 것은 당장 지금의 현실을 벗어나고자 하는 흔한 마음이 유행처럼 번져 무모한 퇴사로 이어진다면 이후 또다시 같은 질문과 마주할지도 모른다는 것이다. "왜 나는 행복하지 않은가."

"행복은 어떠한 상태가 아니라 진행하는 한 방향"이라는 말이 있다. 퇴사를 하든 하지 않든, 선택의 기준은 오로지 내 행복의 방향이어야 한다. **돌아보니 입사하지 않아도 괜찮았듯 가끔 불행해도 퇴사하지 않아도 괜찮다. 100% 행복으로만 가득 찬 일상은 어디에도 없다.** 더 이상 남의 손에 이끌려 선택하는 일은 없어야 한다.

한 우물만 파야 할까

어릴 적 내겐 남모르는 콤플렉스가 있었다. 무엇에든 쉽게 마음이 동하고 큰 고민 없이 바로 행동으로 옮기는 추진력에 비해 지속성은 한없이 미약했던 것이다. "시작을 했으면 끝을 봐야 한다"고 하고 "우물을 파도 한 우물만 파라"고 하는데 나는 늘 대여섯 개의 우물을 한번에 팠다. 운이 좋으면 한두 개는 끝까지 파기도 했고 어떨 때는 단 하나의 우물도 제대로 파지 못했다. 이런 나를 향해 누군가는 혀를 찼고 또 누군가는 진심 어린 조언을 건넸다. "하나라도 제대로 해야지."

우직하게 한 우물만 끝까지, 제대로 파는 것이 꽤

오랜 기간 미덕으로 자리 잡았다. 한 가지 목표 혹은 일에 집중하지 못하고 여기저기를 기웃거리는 사람은 뜨내기로 불렸고, 끈기가 부족하거나 무능한 이로 분류됐다. 하지만 근래 다원화된 삶의 지향과 모든 이가 콘텐츠 생산자로 변모한 시대의 변화로, 2030을 중심으로 이러한 관념이 조금씩 바뀌고 있다.

'슬래셔(Slasher)'는 영단어 'slash(/)'에서 온 말로 여러 직업으로 다채로운 삶을 사는 사람을 뜻한다. '/'로 직업을 나열하기에 붙은 명칭으로 국내에서는 'N잡러'라고 한다. 요즘은 주변에서 이러한 이들을 어렵지 않게 마주한다. 출간 작가, 강사 정도의 투잡은 이제는 흔한 축에 속하며 회사원이면서 유튜버, 웹 소설 작가 등을 겸한다. 주 52시간제 도입으로 여유 시간이 늘어난 것도 한몫했다.

이에 취업규칙 중 하나인 '겸업금지' 조항 관련 이슈가 불거지고 있다. 얼마 전 교사 유튜버 허용에 대한 논란이 있었다. 공무원은 법으로 영리 활동을 금지하고 있어 복잡할 수 있다. 문제는 일반 사기업 종사자도 여기에 발이 묶여 제2의 직업을 포기해야 한다는 것이다. 실제 업무상 만나는 웹 소설 작가들만 해도 행여 회사가 알게 될까 노심초사한다. 가명은 기본이요, 사무실에서는 잠깐의 통화도 금물이다. 유명 유튜버들 중에는 이런 이유로 퇴사를 하거나 활동을 접는 경우도 종종 있다.

명분은 근로자의 '성실 의무'다. 겸업이 본업에 지장을 주거나 직장 질서를 해칠 수 있다는 것이다. 기업 비밀 유출에 대한 우려도 늘 따라붙는다. 그렇다면 본업에 지장을 주지 않는 선에서 기업의 비밀과 무관하게 퇴근 후 자신의 시간에 추구하는 영리 활동을 회사가 금지하는 것은 합당한가. 겸업이 아니더라도 밤늦게까지 게임을 하느라 본업에 지장을 주는 이도 있고, 겸업을 하면서 삶의 만족도가 상승해 오히려 본업의 능률까지 오르는 이도 있다. 퇴근 후 컨디션 관리는 어디까지나 개인의 영역이지 회사가 규제할 부분은 아니다. 일본은 이미 회사의 이익이나 명예를 침해하는 경우에 한해 예외적으로 겸업을 금지하고 있다.

인생 이모작을 넘어 다작의 시대다. 한 농사를 끝내고 다음 농사로 넘어가는 게 아니라 한번에 다품종을 재배하는 시대라는 것이다. 이미 평생직장 개념이 사라진 마당에 한 직장에 독점적인 애정과 무조건적인 충성을 기대하는 것은 어쩐지 무책임하다. 누구보다 겸직이 필요한 것은 사실 당장 은퇴를 앞둔 이들일지도 모른다.

기존의 직업윤리에 대해 재검토가 필요한 시점이다. 새로운 재능과 수입의 가능성이 애매한 사규 한 줄로 원천 봉쇄 되는 일은 없어야 한다. 그리고 사실, **새로운 우물을 파는 일은 그 자체로도 너무나 즐거운 일이 아니던가**. 더 많은 이들이, 행복해져야 마땅하다.

30대의 하루는 40대의 4.3일

"야, 시간 미쳤어!"

순화하면 "시간이 미친 듯 빨리 간다." 의역하면 "너무 오랜만에 본다." 옛 친구들을 만나면 인사치레처럼 주고받는 말이다. '먹고사니즘'이 녹록지 않다 보니 아무리 자주 보자 다짐해도 1년에 한두 번이 고작이다. 며칠 전에도 못 본 지 한참 된 친구와 약속을 잡으려 일정을 확인하는데, 달력을 넘기다 그만 화들짝 놀랐다. 왜 뒷장이 없지?

정신을 차려보니 어느새 다음 주가 12월이란다. 새해를 빌미로 거창한 인생 계획을 그렸던 게 엊그제 같은데, 올해는 유독 빨리 간 느낌이다. 실감이 안 나는 나머지 시간을 도둑맞은 느낌마저 든다. 이쯤 되면 모두가 되짚어 보는 질문, '나 뭐 했지?' 그나마 틈틈이 다이어리를 쓰는 기록형 인간이라는 게 다행이라면 다행일까. 애꿎은 지난 달력을 넘겨보며 잃어버린 시간의 증빙을 찾는다. 빽빽한 스케줄을 보면 제법 열심히 살았던 것 같긴 한데, 왜 다이어리 첫 장에 적어놓은 올해의 목표는 여전히 내년의 목표로도 유효한 걸까.

선조들의 말마따나 정말 시간이 '쏜살'같다. 생각해보면 작년에도 또 재작년에도 비슷한 생각을 했던 것 같긴 한데, 어쩐지 해를 거듭할수록 그 느낌이 더 선연하다. 흔히 나이를 먹을수록 시간이 점점 더 빨리 간다고들 한다. 보통은 그 이유가 어릴 때만큼 새로울 것이 없기 때문이라는데, 뭐든 시작하기를 좋아하는 성격 탓에 일상에 새로울 게 넘쳐나는 나로서는 도무지 납득이 가지 않는 진단이 아닐 수 없다. 해를 거듭할수록, 역할이 늘수록 하고 싶은 일을 할 수 있는 범위가 좁아지니 가는 시간이 아쉬워서가 아닐까 막연히 추측할 뿐. 아직 출산 퀘스트를 완수하지 못한 기혼이기에 더욱이 그럴지도 모르겠다.

주로 '노오력'을 채찍질하는 용도로 사용되는 말이긴 하지만 "20대의 하루는 30대의 일주일, 40대의 한 달과 같다"는 말이 불현듯 머리를 스친다. 산술적으로 계산하면 1 대 7 대 30인 셈인데, 그렇다면 30대인 나의 하루는 40대의 4.3일(30 나누기 7은 약 4.3이므로)과 같은 것인가. 시답잖은 계산을 하며 제 몫을 다하지 못한 하루를 자조한다. 나름대로 최선을 다해 살고 있는 것 같긴 한데, 얼마나 더 열심히 살아야 하루가 4.3일과 같은 효용을 지니게 되는 걸까. 얼마나 더 치열해야 나의 이른 30대는, 나의 청춘은, 후회 없던 시절로 기억될 수 있을까.

12월 빼곡히 연말 약속을 잡으면서 주말 하나를 비워본다. 올해의 나를 보내주기 위한 '셀프 송년회'를 가질 심산이다. 나이를 먹는 것 자체에는 큰 감흥이 없지만 이 시기—어느 정도 경제적·시간적 자유를 지닌 30대

초반, 무(無)자녀―의 내가 지나가는 것은 못내 아깝다. 가는 시간을 잡을 수는 없으니 그저 스스로를 다독여 본다. 잘하고 있다 대신 잘하지 않아도 된다고, 다 잘 될 것이다 대신 잘되지 않아도 나는 괜찮을 것이라고.

내 마음의 주인이 나인 이상 우리, 다 괜찮다.

그냥 내일 뛰면 안 되는 걸까

생생히 기억한다. 초등학교 시절, 내리쬐는 뙤약볕 아래 흙먼지 날리는 운동장, 하얗게 그어진 출발선 뒤에서 "준비!" 소리에 맞춰 자세를 취할 때의 긴장감. 두 손으로 땅을 짚고 엉덩이를 치켜든 채로 출발 신호를 기다리는 1, 2초 남짓한 그 시간이 나는 유난히도 싫었다. 그렇다고 달리기를 못하냐고 하면 딱히 그런 것도 아니었다. 다만 모두가 똑같은 자세를 취하고 '출발'이라는 호령 소리를 기다리고 있을 때의 그 긴장감이 죽도록 싫었을 뿐이다.

긴장을 잘하는 편이다. 많은 이들이 그랬겠지만 고3 때는 소화 장애까지 걸렸다. '수능'이라는 단어를 떠올리는 것만으로도 숨이 턱 막혀 뭘 먹어도 체기가 올라왔다. 취업준비생 때는 면접을 앞두고 남몰래 엉엉 울어버린 적도 있다. 막상 면접장에 들어가면 그렇게 떠는 편도 아닌데, 대기할 때의 그 긴장감만 생각하면 속이 울렁거렸다. 하다못해 어학시험만 해도 마찬가지. 고사장, 수험표, OMR 카드, 시험지 넘기는 소리는 늘 나를 도망가고 싶게 만들었다.

긴장을 잘하는 사람이 안 그래도 긴장도가 높은 한국 사회에서 살아가기란 여간 어려운 일이 아니다. 그나마 의식적으로라도 긴장감에 익숙해지고자 노력해 온 덕에 그럭저럭 잘 살아내고 있다. 김연아 선수의 "너무 많이 연습해서 하나도 안 떨려요"라는 말을 바이블 삼아 스스로의 노력을 탓하며 일부러 더 자주, 많이, 출발선 위에 나를 세웠다.

때때로, 매일 오늘 몫의 출발선 위에 서 있다는 생각이 들 때가 있다. 출발 신호에 맞춰 전력질주하지 않으면 낙오될지도 모르는. 크게는 입시, 취업, 이직, 출세와 같은 굵직굵직한 것들이 있을 것이고, 작게는 당장 오늘의 출근이 그렇다. 매일 아침 문을 열고 집을 나서는 순간 우리의 전력질주는 시작된다. 이따금 도망치고 싶지만 묵묵히 전진하는 이유는, 트랙을 이탈하는 데에 어쩌면 더 많은 용기가 필요하기 때문일 것이다.

간혹 지칠 때에는 퇴근길 서점을 산책한다. 요즘 인기 있다는 책들의 표지를 하나하나 읽는 것만으로도 제법 위안이 된다. 《하마터면 열심히 살 뻔했다》, 《오늘은 이만 좀 쉴게요》, 《게으른 게 아니라 충전 중입니다》, 《하고 싶은 대로 살아도 괜찮아》 등 유행처럼 쏟아지는 힐링 에세이들이 대체로 예상 가능한 내용임에도 불구하고 2030 독자들을 중심으로 날개 돋친 듯 팔려 나가는 것은, 그만큼 이 뻔한 위로와 울림이 간절했다는 방증일 것이다. 멈추고 싶은 욕망과 힐난하는 시선 가운데, 단단해지고 싶은 선언적인 외침이 어쩐지 아리다.

누구나 한 번쯤은 들어보았을 글귀, “지금 걷지 않

으면 내일은 뛰어야 한다." 주로 교실 급훈으로 자주 등장하고 나 역시 몇 번이고 책상머리에 붙여 놓았다. 당시에는 명언이라고 고개를 주억거렸는데 다시 보니 조금 이상하다. 그냥 내일 뛰면 안 되는 걸까. 내일 뛰더라도 오늘은 멈춰 쉬고 싶은 날이 있다. **매일 쉬지 않고 걷는 삶과 가끔 뛰더라도 종종 멈추어 쉬는 삶. 옳고 그름의 문제가 아니었다. 선택의 문제일 뿐.** 그러니 오늘이 혹시 그런 날이라면 오늘 당신, 잠시 쉬어 가도 괜찮다.

집밥 판타지

혼자 살던 사회 초년 시절, 어쩌다 마음이 축난 날에는 퇴근 후 요리를 했다. 평소 즐기는 것도 딱히 잘하는 것도 아니지만 기다리는 사람도 없겠다 한 시간이든 두 시간이든 또각또각 칼질을 하고 무엇이든 만들어 상을 차려 놓고 나면 먹지 않아도 배가 불렀다. 오후 11시가 다 되어 먹는 집밥이 오후 9시에 사 먹는 국밥보다 몸에 좋을 리 만무한데 괜히 더 건강해지는 듯한 착각마저 들었다. 후에 알았는데 의사들이 우울증을 극복하는 방법 중 하나로 추천하는 것이 바로 요리라고 한다. 작더라도 무언가를 만들어 성취하는 과정과 스스로를 대접하는 방법.

바빠진 지금은 그마저도 쉽지 않다. 물리적인 시간도 없거니와 그럴 만한 에너지도 남아 있지 않다. 뭣보다 어쩌다 한 번 요리를 하는 2인 가족이 감당하기에는 식재료 값이 만만치 않다. 실제 쓰는 분보다 기한이 지나 버리는 분이 더 많은 것은 물론이고, 때맞춰 음식물쓰레기를 가져다 버리는 일조차 사실은 큰 부담이다. 흰 쌀밥에 찌개, 밑반찬 서너 가지가 올라간 밥상을 차리기 위해 드는 시간적·금전적 비용에 비해 퇴근길 집 앞에서 사 먹는 국밥 한 그릇은 너무나 간편하다. 그래도 뭔가 집에서 먹는 밥이 그리운 날엔 가정대체식(HMR, Home Meal Replacement)으로 대리만족을 한다. 즉석밥을 데우고 반조리 찌개를 끓여, 사거나 얻어온 반찬 몇 가지만 꺼내 차리면 여느 집밥 부럽지 않은 한 상 차림이 완성된다.

요즘 밥을 먹을 땐 TV예능 〈스페인 하숙〉을 즐겨본다. 비록 나는 지금 반조리 식품으로 가득한 밥상을 꾸덕꾸덕 씹고 있지만 영상 속에서나마 갓 지은 밥과 보글보글 끓는 찌개를 보며 자위한다. 3분 만에 만든

내 밥상 위의 동그랑땡이 현실이라면 소고기와 돼지고기를 다져 만든 예능 속 동그랑땡은 허구에 가깝다. 어느덧 집밥이라는 것은 산티아고 순례길 못지않은 판타지가 됐다. 그래서일까. '쿡방(요리방송)'이 대세인데 요리 인구는 늘지 않고 아이러니하게도 가정대체식 시장 규모만 역대 최고다.

물론 편리하고 어떻게 보면 직접 만든 것보다 맛도 더 낫다. 그럼에도 불구하고 채워지지 않는 이 허기는, 단순히 주린 배를 채우는 것과는 별개의 일일 것이다. 임순례 감독의 영화 〈리틀 포레스트〉를 보면 왜 고향으로 돌아왔느냐는 친구의 물음에 주인공 혜원(김태리)은 이렇게 답한다. "나 배고파서 내려왔어." 아르바이트를 하며 임용고시를 준비하던 서울에서 편의점의 인스턴트 도시락은 그의 주린 배는 채울지언정 허기를 채우진 못했다.

바쁜 일상에 치여 간편식으로 끼니를 때우고 공기청정기에 의지해 잠을 청한다. 좁은 공간에서 돈을 내고 땀을 흘리고, 생각일랑은 정리할 새도 없이 내일의 쳇바퀴로 갈아탄다. **행복의 근원은 단순하지만 그 실천은 어려워서 현대를 사는 우리에게는 일종의 판타지와 다름없어 보인다.** 다음 휴가는 (어느 예능에서처럼) 어디 공기 좋은 데 가서 하루 세 끼 밥이나 지어 먹으며 보내고 싶다. 어쩌면 비행기를 타고 해외로 떠나는 일보다 더 어려울지도 모르겠다. 잘 먹고 잘 자는 일, 참 쉽지 않다.

여행조차 잘해야 할까

지난여름, 기록적인 폭염을 피해 러시아 동부로 떠났다. 블라디보스토크는 연해주의 작은 항구 도시로 시베리아 횡단열차의 시작점이자 종착점이다. 국적기로 2시간 30분, 외국 항공으로 북한 상공을 지나면 2시간이면 닿기 때문에 가장 가까운 유럽이라고도 한다. 물가도 저렴해 잘만 하면 국내보다도 저렴한 가격에 여행을 즐길 수 있다는 게 매스컴을 통해 알려지면서 관광객이 급격히 늘고 있다.

SNS에서 블라디보스토크의 전망 명소인 '#독수리전망대'를 검색하면 같은 장소에서 같은 포즈로 찍은 인증 샷들이 주르륵 뜬다. 난간 모서리에 걸터앉아

금각교를 바라보는, 아름답지만 아슬아슬한 모습이다. 사실 이곳은 안전펜스를 벗어난 곳으로 갑작스러운 돌풍이 잦아 사고 위험이 높다. 아니나 다를까. 최근 추락사고가 빈번히 일어난다고 한다. 이 위험한 유행은 다름 아닌 미디어로부터 비롯됐다. 특정 여행 방송에서 출연자들이 취한 포즈를 따라 하는 것이다.

블라디보스토크에 가면 꼭 가봐야 한다는 식당들의 리스트가 있다. 대부분이 방송에 소개된 곳들로 메뉴판부터 한국어로 제공된다. 몇 군데는 기다림을 인내하고 방문해 보았지만 금쪽같은 여행지에서의 시간을 굳이 웨이팅에 할애할 만큼이었는가는 의문이다.

바야흐로 여행 예능 전성시대이다. 과거 다큐멘터리 소재에 지나지 않았던 여행이 예능의 영역으로 넘어오면서 여행을 접목한 다양한 형태의 콘텐츠가 끊임없이 생산되고 있다. 노년의 여행, 지식 여행, 가성비 여행 등 여행 예능은 국방을 넘어 방송계의 새로운 스테디셀러로 자리 잡았다. 이를 통해 시청자들은 퍽퍽

한 일상 속에서 잠시나마 쉴 곳을 찾는다. 자막의 친절한 가이드와 함께 이국땅의 풍광을 즐기는 데에 드는 비용이라고는 와이파이와 맥주 한 캔이면 족하다.

분명 긍정적인 측면도 있다. 하지만 한 가지 경계하고 싶은 것은 미디어에 노출되는 여행의 모습이 마치 그곳을 여행하는 '모범답안'처럼 비칠 수 있다는 것이다. 유명인들이 극찬한 꼭 가봐야 할 곳, 인생 샷 포인트, 꼭 먹어야 할 것들로부터 우리는 대개 자유롭지 못하다. 그렇기 때문에 위험을 무릅쓰고, 기다림을 인내하며 검증된 추억을 쌓는 것이리라. 방송을 따라 여행을 계획하면 정보 수집은 수월하다. 그러나 아이러니하게도 그 여행은 여행이라기보다는 '순례'에 가까워진다.

획일화된 여행 코스, 얼굴만 갈아 끼운 것 같은 인증 샷들과 맛집 리스트 순회. 미디어가 여행을 정형화하고 있는 걸까. 아니면 정보와 자유의 범람 속에서 길을 잃은 우리가, 최소한의 노력으로 최대한 '덜 틀릴 수 있는' 쉬운 길을 택하는 것일까. **여행조차 '잘'해야 한다는 강박이 우리를 검증된 길로만 내모는 것은 아닐까. 시험이 아니다. 여행이다.** 일상으로 돌아와 뇌리에 남는 것은 결국 미션 수행하듯 완벽하게 마무리한 정답 같은 여행이 아니라 마음이 이끌리는 대로 걸어간 흔적이다. "아, 거길 가봤어야 했는데" 혹은 "아, 그걸 먹어봤어야 했는데"가 아니라, "그 여행 참 좋았다"는, 단지 이 느낌 말이다.

임아, 갠지스를 건너시오

"와버렸어."

몇 해 전 인도 여행을 다녀왔다. 희롱과 거짓말이 판친다는 이야기만 믿고 '죽어도 인도만큼은 가지 않으리' 다짐했던 날들도 있었다. 하지만 어쩐지 알고 싶고 이해하고 싶은 땅으로 마음 한편엔 줄곧 남아 있었던 모양이다. 한 나라를 온전히 받아들이고 오기에는 턱없이 부족한 시간이었지만, 갠지스강에서 보낸 며칠은 나로 하여금 어렴풋하게나마 인도인들의 삶을 들여다보게 했다.

관광객으로서 갠지스강에 머물며 '꼭 해야 하는 일'이라는 것은 썩 많지 않다. 기껏해야 낡은 나무 보트를 타고 꽃초인 '디아'를 띄우면서 소원을 빌거나, 힌두교 의식인 '푸자'를 보거나, 화장터를 구경(?)하는 것 정도. 여행자로서의 미션을 완수한 이튿날부터는 아침저녁으로 보트를 타고 일출 일몰을 보는 것이 유일한 일이라면 일이었다.

운 좋게 한국어를 유창하게 구사하는 보트맨 '철수'를 만났다. 그의 말에 의하면 인도인들은 시바신의 머리에서 뻗어 나온 성스러운 강물로 영혼이 속죄 받아 윤회의 고통에서 벗어나기를 기원한다고 했다. 그 덕에 한쪽에서는 시체를 태워 강물에 뿌리고, 다른 한쪽에서는 빨래를 하고 몸을 씻는 기이한 광경이 펼쳐진다. 소, 개, 원숭이 같은 동물과 성직자, 임산부 등은 대개 신과 가까이 있는 존재라 하여 화장조차 하지 않고 수장한다고 하니, 이쯤 되면 오늘 밤 여기서 빤 이불을 덮고 자는 것이 두려워질 정도였다.

물안개가 채 걷히지 않은 새벽, 재만 남은 화장터가를 보트로 부유하며 유독 죽음에 대해 생각했다.

죽음을 목전에 두고 갠지스강을 찾거나, 가족의 유해를 들고 갠지스강까지의 머나먼 길을 마다하지 않는 사람들. 심지어 가족이 없는 이들은 사후에 갠지스강에 뿌려지기를 약속 받고 재산을 기부하기도 한다고 한다. 인도인들의 삶에서 죽음이 차지하는 무게, 존재감은 얼마나 될까. 이들의 생의 계획 안에는 죽음이 있다. 나의 죽음과 남편, 아내의 죽음, 부모님의 죽음, 친지의 죽음 그리고 친구들의 죽음.

생의 일부로써 죽음을 늘 염두에 두고 계획하며 가까이에 두고 사는 이들과 달리 우리는 죽음을 터부시하고 마치 '죽지 않을 것처럼 산다.' 어차피 죽을 것이라는 사고가 나를 지배하게 되면 지금 이 순간이 무의미하고 허무하게 느껴져 생에 충실하지 못하게 될 것만 같았다. 그래서 우리, 대부분의 사람들은 죽음에 대해 고민하고 계획하는 것을 한심하거나 철이 없거나 괴짜인 것으로 치부해 버리고는 죽지 않을 것처럼, 죽음을 외면하고 산다.

그런데 문득 원하는 죽음이 있고 이를 계획하는

이들의 모습을 보며 죽음을 정면으로 응시하고 싶어졌다. 나는 죽는다. 내 남편도, 부모님, 시부모님, 사랑하는 형제, 친구들 모두 언젠가는 죽는다. 다들 하루하루 죽음에 가까워지고 있다. 상상조차 하기 싫은 사랑하는 이들의 죽음을 나는 어떻게 받아들여야 할까.

'삶'이라는 것은 어쩌면 '죽음'이라는 엔딩을 위한 하나의 스토리에 불과한지도 모른다. 그리고 그 엔딩은 이러한 물음에 준비가 되어 있을 때, 보다 덜 당혹스럽고 만족스러운 방향에 가까울 수 있을 것이다. 어차피 죽을 건데 뭐 하러 기를 쓰고 사냐는 비관, 내일 죽어도 여한이 없을 만큼 하루하루 최선을 다해 살라는 낙관, 어느 방향이든 상관없다. 단지 원하는 죽음의 모습을 그리고, 나의 생의 계획 안에 나와 내가 사랑하는 이들의 죽음을 포함하는 것. **생의 순간순간 죽음의 존재를 부정하지 않고 정면으로 응시하는 것. 그것이면 족하다.**

히말라야에서 만난 태초의 행복

매캐한 서울 하늘을 보면 숨이 턱 하고 막혀 왔다. 태초의 맑은 공기를 맡고 싶었고, 권태로운 일상에 경계를 짓고 싶었다. 그리하여 떠난 곳, 네팔 히말라야. 결과적으론 14년 만의 폭설로 목표 지점을 앞두고 아쉽게 하산해야 했지만 익숙해진 도전과 성취 대신 순응과 겸허함을 얻어 왔다. 그리고 그 과정에서 익숙하다 못해 진부해, 중요하지만 잊고 살았던 난제 '행복'에 대해 아주 오랜만에 생각해볼 기회를 가졌다.

오후 10시 취침, 오전 6시 기상. 온종일 걷고 때맞춰 먹고 자는 단순한 생활이 이어졌다. 눈 덮인 산길은 초보 트레커에게 생각보다 냉엄했다. 올라도 올라도 끝이 없는 길, 가지 않는 시간을 보며 괜한 욕심을 부린 스스로가 원망스럽기도 했다. 물도 없거니와 행여 감기라도 들세라 샤워는커녕 세수조차 물티슈로 해야 했고, 도저히 적응되지 않는 화장실 때문에 산행 내 전전긍긍했다. 밤이면 침낭을 뚫고 들어오는 날카로운 한기에 머리털 하나라도 삐져나올세라 한껏 몸을 웅크리고 잠들기 일쑤였다.

아이러니한 것은 그 어느 때보다도 잘 먹고 잘 잤다는 것이다. 매일 부지런히 몸을 움직이니 뭘 먹어도 꿀맛이었고, 맑은 공기 때문인지 매일 아침 신기할 정도로 말끔히 눈이 떠졌다. 낮에는 산을 오르고 밤에는 일기를 썼다. 한껏 땀 흘리고 실컷 생각했다. 행여 고산증에 안 좋을까 술은 한 모금도 입에 대지 않았고, 대신 겨울날 난롯가에서 즐기는 차 한 잔의 호사스러운 즐거움을 배웠다. **바쁜 일상에 치여 미처 깨닫지 못했던 것. 땀 흘리고, 생각하고, 잘 먹고, 잘 자고. 사실 그것만으로도 행복할 수 있는 사람이었다. 나는, 어쩌면 우리는.**

방은 난방이 전혀 안 되기 때문에 일과를 마친 트레커들은 '로지 식당'의 난롯가로 모여들었다. 젖은 신발을 벗어 말리며 대개 차를 한 잔씩 마신다. 타닥타닥 장작 타는 소리, 손끝부터 전해오는 온기. 몇몇은 꾸벅꾸벅 졸면서도 방으로 돌아가는 시간을 최대한 늦추려 애쓰는 듯 보이고, 몇몇은 일기를 쓰며 하루를 갈무리한다. 그리고 이내 이야기꽃이 핀다.

트레킹 중에는 만나는 모든 이가 스승이자 벗이다. 국적도 언어도 다르고, 이름도 직업도 잘 모르지만 '완정'이라는 하나의 목표, 공통의 주제를 가지고 서로를 격려한다. 산은 모두에게 공평하게 길을 내어주기 때문에 결코 경쟁하지 않는다. 나보다 앞서 길을 나선 모든 이들은 무엇이든 배울 점이 있기에 모르는 이에게도 선뜻 조언을 구하고 상대편 또한 선뜻 도움을 건넨다. 신뢰와 응원에 기반한 낯선 이들과의 교류는 그 자체로 따듯한 수프 같았다. 늘 날이 서 있던 일상에서 경계심으로 꽁꽁 얼어붙은 마음을 구석구석 녹여주었다.

하산 길, 멀어지는 설산과 마음속으로 작별 인사를 한다. 아쉬운 마음에 몇 번이고 뒤를 돌아본다. 내려가면 일주일 만에 머리도 감고, 따뜻한 물로 샤워도 하고, 시원한 맥주도 한 잔 하고, 자축의 삼겹살 파티도 벌이고, 바스락거리는 침구를 덮고 자겠지만 어딘지 아쉽다. 태초의 깨끗한 공기와 더불어 몸은 불편하지만 마음은 온전히 편한 이 '태초의 행복'이 너무나 그리울 것 같다.

'내 식대로의 행복'을 정의하시오.

Part 3

유지하기

바로 지금 여기서 행복할 것

칼럼을 쓴다는 것

"저, 칼럼 형식 말고 좀 더 자유로운 글도 써보고 싶은데, 괜찮을까요?" 호기롭게 제안을 했던 것이 어언 한 달 전. 결국 나는 아무것도 쓰지 못했다. 칼럼이라는 장르적·형식적 제약이 종종 답답했다. 그러한 것들이 내 '쓰기'의 소재를, 전개를, 나아가 사고를 더 확장되지 못하게 붙들어 매고 있다는 일종의 피해 의식에 사로잡혀 있었던 것 같다. 그렇다고 마감 없이, 마땅한 효용 없는 글을 자발적으로 완성할 만큼 부지런한 사람도 못되었다. 사정이 이러하니 출간 원고 작업을 통해 못다 이룬 '자유 형식 원고'의 사리사욕을 채워보겠다는 꿈은 더없이 자연스러운 것이었다.

하지만 나는 번번이 실패했다. 연재 외 원고, 자유

형식 원고를 써야지 생각하고 '자유이용권'을 손에 쥔 아이마냥 신이 나서 책상 앞에 앉았다가도 나도 모르는 사이에 글은 칼럼의 모습을 갖춰 갔다. 그렇게 연재 외 원고를 목표로 시작한 숱한 작업들이 결국 연재 마감을 조금 앞당기는 것으로 마무리되었다. 4년째 몸에, 아니 손끝에 밴 습관이라는 것이 이렇게 무섭다.

일단 소재를 잡는 데서부터 그러했다. 내게 **칼럼을 쓴다는 것은 '기승전결'을 갖춘 1,500자짜리 이야기만을 글감으로 삼는 필터를 통해 세상을 보는 일이었다.** 늘 끼고 있던 필터가 하루아침에 무화될 리 없다. 뭣보다 칼럼은 매 원고가 그 독자에게 가닿는 혹은 평가받는 처음이자 마지막 기회였다. (독자가 나의 지난 글을 기억할 것을 기대하면 안 된다. 가령 '이전 글에 썼듯이'와 같이.) **매 원고 새로운 독자를 상정하고 자기소개를 하는 일이기 때문에, 어느 글 하나 허투루 메시지를 담아서는 안 되었다.** 각각의 글이 분명하고 독자적인 하나의 메시지를 담고 있어야만 했다.

단편적이지만 유의미한 이야기, 명시적이지 않지만 새로운 정서적 경험을 제공하는 세련된 이야기들을, 나는 쓸 수 없었다. "뭐야, 고작 이런 걸로도 글을 써?"보다는 "이건 너무 주제의식이 대놓고 교훈적인 거 아니야?"가 안전하게 느껴졌다. '고작 이런 걸로도 글을 쓰는' 심지어는 잘만 쓰는 사람들의 산문집을 들춰 보며 한숨만 푹푹 쉬었다.

그건 한편, 칼럼이라는 매체를 통해 내재화된 '눈치 보기'에서부터 비롯된 것이기도 했다. '공적 쓰기'란 기본적으로 눈치를 보는 일이다. 읽어 주길, 공감해 주길. 관심과 공감을 갈구하는 일이기 때문이다. 그중에서도 주요 일간지 칼럼은 더욱 그러하다. 어쨌든 그에 상응하는 비용과 최소 2시간 이상의 생을 지불한 독자로부터 '선택'되어 읽히는 책과는 달리, 칼럼의 경우 누구나 수 분 내 무료로 읽고 피드백할 수 있기 때문이다. 책이라면 아주 마음에 들지 않는 경우 애초에 사지 않을 확률이 높고, 실망할 확률, 나아가 그 실망을 적나라하게 피드백할 확률은 상대적으로 낮다. 그

표지와 제목에서 풍기는 대략적인 '아우라'로 손님, 즉 독자를 가려 받는 효과를 낳는 것이다.

그러나 칼럼에 있어서는 독자를 선택할 권리란 없다. 거기다 주요 일간지 자체에 대한 일종의 혐오와 부정적 시선마저 기저에 자리하고 있다. 이 때문에 슬프게도 내게 독자란, 다정하기보다는 두려운 존재였다. 자연히 내게 '쓰기'란, 포털 댓글 창을 통해 쏟아지는 죽창 같은 비아냥으로부터 최대한 안전할 수 있는 소재를 고르는 일에서부터 시작했다. '고작 이런 걸로도 글을 쓰는' 용기를 내기란 쉽지 않은 것이다. (그럼에도 불구하고 썼던 것은, 마감이 코앞인데 그것 외에는 도저히 써지는 게 없는 불가피한 경우들이었다.)

그렇다고 4년째에 이르는 칼럼 쓰기가 나의 쓰기에 부정적인 영향만을 끼친 것은 아니다. 덕분에 나는 3주에 한 번 꼬박꼬박 1,500자 원고를 기어코 완성해 내는 성실한 마감 노동자가 되었고, 이렇게 책이라는 새로운 매체를 통해 새로운 독자의 손에 쥐어지기에 이르렀으니 분에 넘치는 기회였음은 자명하다. 그뿐만 아니라 **좋아하는 것들, 좋았던 기억들을 하나하나 주인공으로 삼아 생각하고 문장화한 산물들을 들추어 볼 때에는**, 공적인 지면에 별나지 않은 생애를 전시해 놓은 것 같아 송구하기는 하지만, **뿌듯하다.** 보기만 해도 배가 부르다. 한 편 한 편, 한 장 한 장이 두고두고 꺼내 보고 싶은 기념엽서 같다. 여행의 끝에서 이 얼마나 예쁘고 귀한 보물들일지를 생각하면 되려 고료를 받은 것이 염치없기까지 하다.

그러나 뭣보다도 큰 수확은, 이 책의 제목이다. '행복해지려는 관성.' 1,500자 각각의 글에 독자적인 메시지를 담으려다 보니 '기-승-전-긍정'으로 글을 매듭짓는 습관이 생겼다. 사고가 문장을 낳지만, 때로는 문장이 사고를 재단하기도 해서, 나도 모르는 사이 세포 어딘가에 끝내 긍정으로 향하려는 관성 같은 것이 새겨져 버린 것 같았다. 제아무리 벅찬 하루였대도 마지막에 '그래도'로 시작하는 문장을 하나 더하는 일. 딱 그만큼의 긍정과 딱 그만큼의 용기면 대체로 충분하다는 것을 칼럼 쓰기를 통해 아로새겼다.

이 글은 연재 외 원고 1호이다. 당신께 가닿는 마지막 기회가 아님을 알기에 쓸 수 있는 글이다. **지극히 개인적인 경험으로 어쩌면 공감받기 힘든 이야기일 것을 알지만, 이제 내게도 얼마간 자신의 비용과 생의 일부를 지불한 독자의 손에 쥐어질 기회가 생겼으니 '고작 이런 걸로도 글을 쓰는' 용기를 내어본다.** 어쩐지 이제는, 쓸 수 있을 것 같다.

에고 서핑

가끔 검색창에 내 이름을 검색한다. 세상 제일 흔한 이름이라 이름 석 자로는 부족해 앞에 다양한 수식어를 돌려가며 붙여본다. 소속도 붙여보고 연재 중인 칼럼의 코너 명도 붙여보고 때때로 최근에 썼던 글의 제목을 넣어 보기도 한다. 이는 변명의 여지없이 '칭찬을 듣고 싶어서'이다.

신문사 홈페이지, 포털 댓글 창을 통해서 '좋은 말'을 듣기란 하늘에 별 따기다. 노출된 사진에 기반한 외모 지적부터 근거 없는 인신공격까지 그 레퍼토리도 다양하다. 달렸던 댓글 중 가장 어이없었던 것은 "너는 몇 년생 김지영이냐?"였고, 가장 많이 받았던 댓글은 "일기는 일기장에"였으며, 가장 상처받았던 댓글은 필력에 대한 비아냥이었다.

첫 원고가 실렸던 날, 생전 처음 '악플'의 피해자가 된 나는 어찌할 바를 몰랐다. 가슴이 두근거리고 얼굴이 벌겋게 달아올랐다. 도저히 진정이 되지 않아 내가 택한 방법은 악플을 필사하는 것이었다. 비난과 비판이 한데 뒤얽혀 형체 없이 덩어리진 두려움의 대상을 해부하는 일이었다.

다이어리 한쪽 면에 악플 하나하나를 받아 적고 곱씹으며 취할 것과 버릴 것을 분류하였다. 조금도 귀담아들을 필요가 없는 말, 비난을 위한 비난에는 응징하듯 북북 줄을 그었다. 그러자 몇 안 되는 댓글만이 살아남았다. 그중 반박의 여지가 있는 것들에는 내 의견을 적고, 반박의 여지없이 나의 부족함인 것들에는 크게 별표를 달았다. '다음부터 이거는 고쳐야지.' 그렇게 한껏 풀어헤쳐 실체를 파악하고 나니, 거짓말처럼 마음이 편안해졌다. 귀신이 살 것 같았던 지하실에 사실 진짜 무서운 것은 벌레 한 마리뿐이었다는 것을 두 눈으로 확인했을 때의 안도감 같은 것이었다.

그 뒤로도 수차례 시행착오가 있기는 했지만, 해를 거듭하며 악플에는 확실히 내성이 생겼다. 그러나 사람 마음이라는 게 어쩔 수 없는 것인지, 종종 나도 확인을 받고 싶다. 잘하고 있는 것인지, 잘 쓰고 있는 것인지. 포털에 댓글을 다는 인구는 극소수이다. 나조차도 태어나 댓글을 달아본 횟수가 손에 꼽힌다. 그 절대다수의 인구 중에, 내게 와닿지 않은 목소리 중에, 내 글을 좋게 봐준 사람도 있지 않을까. 특히 글이 안 써질 때면 더 그렇다. 요리조리 키워드를 바꿔가며 검색을 해 운 좋게 발견한 블로그 칭찬 한 줄에 여지없이 나는 감동하고 고무된다.

알고 보니 이를 칭하는 용어가 있었다. '에고서핑(egosurfing).' 인터넷으로 자신에 대한 정보를 검색하는 행위라고 한다. 즐겨보는 웹진인 〈채널예스〉에 장강명 소설가가 관련 칼럼을 기고하면서 알게 되었다. 그 글을 보고 나는 안도했다. '와, 장강명 작가님도 이런

다고?'가 크게 위로가 됐던 것 같다. 《82년생 김지영》의 대흥행으로 검색조차 쉽지 않은 이름을 굳이 치열하게 조합해가며 타인의 평가를 확인하고야 마는 스스로의 모습이 한심하다 못해 애처로웠다. 그런데 그건, 비단 내가 못나거나 지질해서만은 아니었나 보다.

생각해 보니 당연한 것이었다. 인지도가 높을수록, 유명하고 성공한 사람일수록, 더욱 손쉽게 자신에 대한 피드백을 조회할 수 있을 것이고, 그 유혹 또한 거셀 것이었다. BTS도 에고서핑을 할까? 대통령은? 이리 생각하니 아주 가끔 간간이 걸리는 내 칼럼의 블로그 리뷰를 확인하는 일은 그저 '작고 소중한' 것이었다.

장강명 소설가의 칼럼은 "에고서핑 횟수를 줄이고, 나 자신을 더 믿으려 하고 있다"며 끝을 맺는다. 요컨대 타인의 평가에 일희일비(一喜一悲) 하지 말자는 것이다. 그러나 철없는 나는, 한데 묻혀 있을지 모르는 귀한 말들이 아직은 못내 궁금하다. 원고가 나갈 때마다 스스로를 야유하며 손가락으로는 어찌할 수 없이 검색창을 켠다. 그러니 가능하다면 **일희(一喜)는 하되 일비(一悲)는 하지 않고 싶다. 귀한 것은 더 기쁘게 듣고 맹목적인 것은 과감히 흘려듣는, 그런 단단한 마음의 지형을 가꾸고 싶다.**

이 책이 나오면 나는 아마 책 제목을 수식어로 내 이름을 검색해 보고 있을 것이다. 어쩌면 이번에는 혹평 필사를 하고 있을지도 모르겠다. 혼자 다이어리를 펼쳐 들고 울고 웃고 있을 훗날의 나에게, 그저 건투를 빈다.

버리기가 주는 위안

10여 년 전 교환 학생 시절, 내겐 괴짜 같은 버릇이 하나 있었다. 캐리어 싸기. 인종 차별이 있던 미국 중부의 외진 도시, 어른 키만큼 눈이 쌓인 1월의 기숙사는 내 마음만큼이나 추웠다. 이유 모를 시선과 키득거림에 좀처럼 익숙해지지 못하고 겉돌던 나날. 다 포기하고 내 나라, 내 가족에게로 도망가고 싶다는 생각이 하루에도 몇 번씩 차올랐다. 그럴 때 내가 택한 방법이 바로 짐 싸기였다. 들고 왔던 캐리어 하나에 딱 들어갈 만큼의 짐만 남기고 모조리 버리는 것. 그렇게 짐 하나만 달랑 남기고 흔적을 지워버리고 나면, 어딘지 모르게 홀가분해지면서 '그래, 다시 시작해 보자' 하는 마음이 일곤 하는 것이었다.

그땐 그저 단순히 도망치고 싶은 마음의 발현이자 '버리기'라는 행위가 주는 쾌감이려니 생각했는데 돌아보니 그것은 일종의 임사 체험(죽음 이후의 세계에 대한 체험)이었다. 떠남을 준비하듯, 내게 속한 물건들 하나하나의 의미를 응시하고 덜어내는 것. 그러다 보면 종래에는 꼭 유언 같은 물건들 몇 개만이 수중에 남았다.

이때부터 스트레스를 받거나 마음이 복잡할 때면 버리는 습관이 생겼다. 커다란 봉투를 들고 집 곳곳을 누비며 버려 마땅한 물건들을 찾는다. 올해 한 번도 손이 가지 않았던 옷이나 언젠가 보겠지 하고 놔두었던 책, 왠지 버리기 아까워 모아두었던 잡동사니들을 봉투 한가득 쓸어 담다 보면, 해묵은 잡념들도 함께 정리가 된다.

코로나19로 인해 집에 있는 시간이 길어지면서 이는 한 단계 더 진화하기에 이르렀다. 비단 살림 버리기를 넘어, 휴대폰과 클라우드에 가득 차 있는 사진 버리기, 나아가 따로 연락 한 번 해 본 적 없는 혹은 누군지조차 모르는 주소록과 메신저의 연락처 버리기까지. 그동안 그냥 내버려 뒀던 것이 신기하리만큼 낯선 무질서가 내 손바닥 안에 있었다. 다만, 물건 버리기가 지극히 개인의 영역이라면 연락처 버리기는 약간의 죄책감을 수반했다. '그래도 혹시, 연락 오거나 연락할 일이 있지 않을까?' 아무런 감정도 일으키지 못하는, 입에 붙지 않는 단어 같은 생경한 이름들 위를 손가락으로 배회하다 이내 고개를 젓는다. 언젠가 휴대폰에 저장된 연락처를 통째로 날린 적이 있었지만 생활에 큰 지장은 없었다. 실생활에서 내게 꼭 필요한 물건이 극히 일부이듯, 연락처 또한 사실은 그러했다.

미니멀리즘 열풍을 일으켰던 일본의 정리 컨설턴트 '곤도 마리에'는 말한다. 설레지 않으면 버리라고. "우리가 갖고 있는 물건은 우리를 행복하게 하려고 존재한다. 먼저 무엇에 둘러싸여 살고 싶은지 왜 그렇게 살고 싶은지 생각해야 한다." 이는 비단 물건에 국한된 말은 아닐 것이다. **오늘의 생활 나아가 삶 전반에 대해 나만의 시선, 기준을 가지고 내 주변을 내게 소중한 물**

건과 나를 행복하게 하는 관계들로 채워 나가는 것. 행복은 결국 이 단순한 미션의 성취다.

엎어진 김에 쉬어 간다고 했던가. 전 세계가 강제 '집콕'을 앓고 있는 코로나19 시대, 새 마음, 새날에 내어줄 심신의 공간을 '버리기'를 통해 미리 마련해 보는 건 어떨까. 비는 시간은 많고 불필요한 만남은 적으니 이보다 더 완벽한 조건은 없다. 머지않아 분명히 올 봄, '진짜 봄'을 그리며, 오늘도 먼지 쌓인 집과 마음을 쓸어 담는다.

지금, 당신의 주변은 당신에게 소중한 물건과
당신을 행복하게 하는 관계들로 채워져 있나요?

당신의 일상을 바로잡는 힘

왜, 가끔 그럴 때가 있지 않은가. 스스로가 뒤틀려 있다는 생각이 들 때, 끝도 없는 바닥으로 침잠하고 있다고 느낄 때, 모든 것이 실패한 것 같고 손쓸 수 없거나 그럴 에너지가 남아 있지 않다고 여겨질 때. 증상이야 끝도 없이 열거할 수 있지만 최대한 객관적 용어를 빌려 정의하자면 무기력증, 더 나아가 가벼운 우울증 정도라고 말할 수 있을 것이다.

이럴 때 나는 다이어리 한쪽에 부적처럼 새겨 넣은 매뉴얼을 펼친다. '무기력을 극복하는 방법.' 일종의 '비상조치 매뉴얼'인 셈이다. 대단한 것은 없지만 이 모든 증상을 단번에 털어버릴 수 있는 치트키인 '여행'의 처방이 불가한 요즘, 혹여 작은 도움이라도 될까 싶어 공유한다.

먼저 준비운동은 출근 전 갖는 '모닝 카페 타임'이다. 원래도 힘들고 의욕이 없을 때는 특히 더 힘들지만 평소보다 딱 한 시간만 일찍 일어나자. 그러고는 출근 전 잠시 근처 카페에 들르는 것이다. 집, 사무실로는 안 되고 반드시 '제3의 공간'이어야만 한다. 아침 카페 특유의 분주하면서도 차분한 분위기가 있다. 커피 향기, 주문을 주고받고 커피를 내리는 소리, 책을 읽거나 신문을 보며 각자의 방식으로 하루를 준비하는 사람들. 차례로 감각을 깨운 뒤 마침내 따뜻한 커피까지 한 모금 하고 나면 다시 중심을 잡을 용기가 생겨난다.

뒤이어 핵심은 운동과 독서다. 역시 평소 습관이 되어 있지 않다면 쉽지 않은 일이겠지만, 시늉(?)만으로도 충분하다. 헬스장을 찾아 땀을 뻘뻘 흘리는 그런 운동 말고 단 10분이라도 짬을 내 이동을 위한 수단으로서의 걷기가 아닌 목적으로서의 걷기, '산책'을 하는 것. 첫 페이지부터 끝 페이지까지 한 글자 한 글자 공부하듯 읽어 나가는 그런 독서 말고, 단 한 페이지만이라도 손으로는 종이의 질감을 느끼고 입으로는 문장의 리듬을 느끼는 것. 별것 아닌 것 같지만 매일 조금씩이라도 걷고 읽는 것만으로도 일상은 그 정렬을 바로잡는다.

여유가 된다면 화룡점정으로 퇴근 후 요리를 추천한다. 귀갓길에 사서 들어가는 포장음식, 배달음식, 그도 아니면 가정대체식으로 해결하던 '끼니' 대신 재료를 썰고 만지며 스스로를 위한 한 끼 '식사'를 대접하는 것이다. TV를 켜도, 휴대폰만 검색해도 각종 레시피가 넘쳐나는 요즘이니 크게 어려울 것은 없겠지만, 영 자신이 없는 '요알못'이라도 걱정하지 마시라. 우리에게는 김치볶음밥이 있다. 산출물이 중요한 것이 아니다. 작더라도 무언가를 만들어 성취하는 과정과 스스로를 대접하는 의식 그 자체에 의미가 있다.

거리 곳곳에 '코로나 심리 상담 지원' 현수막이 눈에 띈다. 감염에 대한 공포와 '사회적 거리 두기'의 장기화로 ‘코로나 블루’가 사회적 문제로 대두되는 요즈음, 그 어느 때보다도 일상을 지키는 힘이 간절하다. **별것 아닌 줄 알았던 매일의 위대함을 날로 느끼는 시기이지만, 그 오늘들을 바로잡는 힘은 의외로 사소한 것들로부터 비롯될 수 있다.** 당신의 ‘일상을 바로잡는 힘’은 무엇인가. 그 이야기들도 자못 궁금하다.

당신의 '일상을 바로잡는 힘'은 무엇인가요?

달리기의 맛

언제부턴가 또래 사이 가장 힙한 문화는 단연 '달리기'였다. 관련 인증이 SNS를 도배했고 서점에는 달리기를 찬양하는 책들이 넘쳐 났다. 마치 '러닝'이라는 신흥 종교가 생긴 것 같았다. 코로나로 여가에 제약이 생긴 것과 더불어 자기계발을 중시하는 흐름이 반영된 것이리라 짐작만 할 뿐 나와는 다른 세계의 일이라 여겼다. 그도 그럴 것이 나의 경우 학창 시절부터 세상에서 제일 싫은 것 중 하나가 오래달리기였다.

자란 다음부터는 좀처럼 뛸 일이 없었다. 운동을 좋아하는 편이지만 '뜀'을 필요로 하는 운동은 축구나 농구 같은 그룹 스포츠를 제외하고는 생각보다 별로 없었다. 기다리는 시간도 그다지 싫어하지 않아서

횡단보도 불이 깜박거려도, 바로 앞에서 버스가 지나가도, 웬만하면 뛰지 않는 종류의 사람으로 살아왔다. 집 앞의 강을 따라 늘어진 예쁜 트랙을 봐도 뛰기보다는 걷고 싶었다. 달리기보다는 걷기의 속도감이 내게는 더 맞았다.

그러던 중 버추얼 마라톤에 참가했다. 재직 중인 회사에서 추진하는 행사이기도 했고 버추얼이라기에 일단 호기심이 일었다. 참가신청을 하고 얼마 뒤 집으로 등번호와 참가복 등의 기념품이 도착했다. 기록은 앱을 통해 각자 원하는 시간에 원하는 장소에서 측정하면 되는 것이라 부담도 없었다. 그렇게 어느 주말 저녁, 어차피 하는 산책 기분이나 내보자 하는 마음으로 착장을 갖추고 집을 나섰다.

처음부터 뛸 생각은 아니었다. 다분히 '러너'스러운 복장 탓인지, 같은 복장을 하고 거친 숨을 몰아쉬며 지나는 무리들 탓인지, 어느 순간부터 뛰기 시작했다. 가을 초저녁의 맑고 찬 공기가 뺨에 와 부딪혔다. 걷기로는 느낄 수 없는 기분 좋은 온도감이었다. 폐 아래에까지 공기가 들어차는 느낌이 낯선 듯 반가웠다. 아주 오랫동안 참았던 숨을 한번에 몰아쉬는 것 같았다. 중간 중간 숨이 차오를 때면 걷기도 했지만 점점 뛰는 게 걷는 것보다 수월해졌다. 처음 익숙해질 때까지는 힘들지만 어느 정도 속도가 몸에 익으면 비로소 편안해지고, 한번 멈춰버리면 그 다음은 배로 힘들어지는 것. 달리기란 그런 것이었다.

마침내 10km를 완주하고 집 앞 가게에 들러 맥주 한 병을 거의 원샷했다. 샤워를 하고 소파에 몸을 묻자 기분 좋은 피로감이 몰려왔다. '아, 이 맛에 다들 러닝 러닝 하는구나.' 성인이 된 후 최초의 자발적 달리기였다. 돌아보면 그동안의 달리기는 수업 또는 시합의 일환인 강제적 달리기 혹은 어딘가 제시간에 도달하기 위한 수단적 달리기였다. 자발적으로 그 자체를 목적으로 할 때 싫어했던 것도 놀이가 될 수 있음을 깨달았다.

그로부터 3주 남짓한 시간동안 2~3일에 한 번 꼴

로 나가 뛰었다. 아무리 엉망진창이었던 하루도 한바탕 뛰고 들어오면 그런대로 괜찮게 느껴지곤 했다. 그렇게 내게도 '그분'이 오셨다. '러닝'께서 나를 더 나은 사람으로 만들어주시리라는 믿음이 생긴 것이다. **뒤늦게 알게 된 달리기의 맛. 내게 그것은 싫어했던 것을 좋아하게 되는 맛이기도, 소소한 성취와 성장의 맛이기도, 일상을 단단하게 하고 스스로를 단련하는 맛이기도 하다.** 언제까지 지속될지는 알 수 없지만, 한 가지는 확실히 알았다. 나는 더 이상 달리기를 싫어하지 않는다. 그리고 이제 어느 날 문득 마음이 축날 때면 나는 내가 길 위에 있을 것이라는 예감이 든다. 그런 확신이 든다.

달리기의 맛, 그 후

페이스며 기록에 연연하다 보니 언제부턴가 익숙한 루트로만 뛰었다. 여기까지가 몇 km, 저기서 반환하면 왕복 몇 km 따위의 정보를 몸이 이미 알고 있으니 그 편이 수월했다. 아무러면 어떤 날이었다. 스스로를 일으켜 세우는 마음으로 집을 나섰으니 길 위에 선 것만으로도 이미 충분히 대견했다. 아무 데로나, 아무렇게나 가보자 싶어 갈림길이 나올 때마다 무조건 안 가던 길로만 방향을 틀었다. 웬 학교가 하나 나왔다.

달리기를 시작한 이후 처음으로 학교를 뛰었다. 누구보다도 '오래달리기'를 싫어했던 한 사람으로서, 자발적으로 학교 운동장을 뛰는 기분은 대단히 묘한 것이었다. 그리 크지도 작지도 않은 보통의 운동장이었는데, 한 바퀴가 고작 200m 남짓이었다. 10바퀴 뛰어봤자 고작 2km. 그땐 왜 그게 그렇게 죽을 만큼 힘들었나. 뭐가 그렇게 힘들어서 세상에서 제일 싫은 것을 말할 때 매번 힘주어 달리기를 외쳤나. '시켜서' 혹은 '등수를 매겨서'가 가장 컸겠지. 개인의 페이스 따위는 고려하지 않는 단체 떼박질이었기 때문일 수도, 무엇보다 음악이 없어서였을지도 모르겠다.

운동장은 그리 내키지 않았다. 러닝머신을 뛰는 것과 뭐가 다른가 싶기도 하고, 비좁은 어항 속을 빙빙 도는 물고기가 된 느낌일 것 같기도 했다. **그런데 막상 뛰어보니, 이건 또 다른 매력이다.** 생각 없이 뛰고 싶을 때. 방향을 바꾸는 것, 길을 건너는 것, 오고 가는 자전거를 살피는 것조차도 하고 싶지 않을 때. 시시각각 바뀌는 멋진 풍경, 붉게 물든 하늘, 반짝이는 강물조차도 보고 싶지 않을 때. 그럴 때는 운동장이 제격이라는 것을 오늘 배웠다. 같은 맥락에서, 원초적이고 명징한 목표도 참 좋았다. 운동장 20바퀴. 내일은 30바퀴. **'아무러면 어떤' 선택이 일상을 어떻게 변주하는**

지, 고작 달리기에서 배운다.

달리기가 삶으로 들어오고 어느덧 세 번째 계절을 맞았다. (앞서 썼듯) 내게 달리기는 '싫어했던 것을 좋아하게 되는 맛이기도, 소소한 성취와 성장의 맛이기도, 일상을 단단하게 하고 스스로를 단련하는 맛이기도' 하다. 여기 오늘 하나가 추가되었다. **달리기는 '발의 언어를 배우는 일'이다.** 1km를 달리는 데 몇 분이 걸리는지, 걷는 데 몇 분이 걸리는지 말할 수 있게 되는 일, 여기서 저기까지가 5km라는데 그게 대충 얼마나 걸리는 거리인지 읽을 수 있게 되는 일이다. 그 어마어마해 보였던 운동장 열 바퀴가 고작 2km 남짓인 것을 알고 코웃음을 칠 수 있게 되는 일이기도 하다. **지독한 길치에 발 언어의 문맹이었던 내가 새로운 세상을 배우고 있다.**

기록 병 환자의 고백

지독한 '기록 병'을 앓고 있다. 집에는 매년 두 권씩 써 내린 다이어리가 한 보따리다. 작년 오늘, 재작년 오늘은 물론이고 10년 전 오늘까지 내가 무엇을 했고 어떤 생각을 했는지, 하물며 점심으로 누구와 무엇을 먹었는지조차도 마음만 먹으면 모두 알 수 있다. 기록 없이 흘러간 기억들은 시간이 흐를수록 희미해지고 이내 손가락 사이 모래알처럼 흩어진다. 그래서 사진을 찍고 일기를 쓴다. 바득바득 기억하고 단물이 빠질 때까지 곱씹으며 추억화의 공정을 거친다. 물론, 하루아침에 만들어진 성정은 아니다.

어릴 적 내겐 손바닥만 한 '걱정수첩'이 있었다. 워

낙 잔걱정이 많은 탓에 스스로 내린 일종의 처방이었다. 걱정거리가 생기면 적어둔 뒤 주문을 걸곤 했다. '그래, 저기 써 뒀으니까 까먹지 않아. 잊고 있다가 나중에 다시 열어보면 돼.' 잊은 채로 신나게 뛰어놀다가 열어본 수첩 속의 골칫거리들은 여지없이 아무것도 아닌 것들이 되어 있었다. 그렇게 유년 시절 나의 '걱정병'은 자연스레 치유되었다.

조금 더 자라서부터는 다이어리를 쓰기 시작했다. 사실 그때만 해도 유행하는 글귀나 문답, 혹은 스티커들을 예쁘게 전시해 놓는 진열장과 다름없었다. 하지만 어느덧 이는 습관으로 이어져 학습 플래너로 발전했고, '오늘의 할 일'을 기록하며 옆에 끄적이던 "TV 좀 줄이자!" 따위의 '셀프 훈계'들이 "괜찮아, 할 수 있어!" 유의 감상으로, 그리고 마침내 오늘날의 다이어리로 진화했다.

대학에 입학하면서부터 다이어리 뒷장에 버킷리스트(bucket list)를 추가했다. 유럽 배낭여행 가기(대학생 로망 스테디셀러)부터 피아노 배우기(어릴 땐 그렇게 싫어했으면서)까지, 크고 작은 욕망들이 리스트를 가득 채웠다. 하나하나를 지워 나가면서 모종의 쾌감을 느꼈다. 리스트의 길이는 삶에 대한 의욕과 비례했다. 말하자면 버킷리스트는, 삶에 대한 갈증의 흔적임과 동시에 애정의 응축이었다.

그렇게 긴 세월을 거쳐 자리 잡은 것이 '멘털의 보고'인 오늘날 나의 다이어리다. 걱정이 생기면 적고 털어버린다. 기억하고 싶은 글귀나 To-Do List(해야 할 일 리스트)는 물론이고 스스로를 향한 꾸짖음과 위로의 말들이, 나의 온 정신이, 얇디얇은 노트 한 권 안에 빼곡하다. 그리고 여전히 제일 뒷장에는 버킷리스트가 자리 잡고 있다. 혼돈 속에 그 나름의 질서가 정연하다. **지금은 다이어리 없이는 아무것도 할 수 없는 기록 의존자가 되어버렸지만, 역으로 다이어리만 있으면 무엇이든 극복해 낼 수 있는 강철 멘털이 되기도 했다.**

새해의 첫 주말, 평소보다 이른 기상 후 책상 앞

에 앉아 빳빳한 새 다이어리를 펼쳐 든다. 사뭇 경건한 마음으로 의식처럼 맨 앞 장에 좋아하는 글귀를 새겨 넣는다. 뒤이어 올해 이루고 싶은 소망들을 하나하나 꾹꾹 적어 나간다. 새로운 시작을 그리는 이 과정이 퍽 즐겁다. 혹, 새해 계획을 세우고 있다면 그 목록에 기록 병을 추가해 보기를 권한다. 삶이 한결 정돈되고 풍성해질 것임은 두말할 것 없고, 수시로 찾아오는 '멘붕'의 여파로부터 나를 지탱해 주는 '믿는 구석'이 되어줄 것이다. 다이어리 님, 올 한 해도 잘 부탁드립니다!

루틴의 힘

어릴 적부터 여러 우물 파기를 좋아했다. 무엇에든 쉽게 마음이 동하는 성정과 일단 저지르고 보는 추진력의 합작이었다. 하고 싶은 것과 비례해 벌여 놓은 일 또한 증식했으니, '시간'은 가장 소중한 자원이었다. 일찍이 쓰기 시작한 일과표는 성년에 이르러 '시간관리 내역서'로 자리 잡았다. 나름의 규칙을 가지고 삶을 정돈해오던 하루 24칸짜리 표는, 취업을 하고 자율적으로 운용할 수 있는 시간이 줄면서 자취를 감추었다.

그러다 근래 다시 쓰기 시작했다. 재택근무가 장기화되면서 내린 일종의 처방이었다. 기존에는 공간의 이동과 그에 따른 시간의 구획이 명확했다. 출근 준비를 하고 회사로 이동해 오전 근무를 하고, 점심에는 근처에서 운동을 하거나 카페에서 책을 보며 간단히 끼니를 때웠다. 이어 오후 근무를 하고 퇴근을 하면, 이때부터 잠들기 전까지가 나의 '가용시간'이었다. 주로 저녁을 먹고 책을 보거나 드라마를 보곤 했다. 종종 친구들과 약속을 잡기도 했다. 허락된 자유의 범위는 그 정도가 고작이었다. 주중의 삶이라는 것은 '산다'기보다는 '쉰다'에 가까운 것이었으니까. 내일의 출근을 위한 일종의 대기 시간. 공연으로 치면 백스테이지.

그러나 통근과 약속 없는 삶이란 사뭇 다른 것이었다. 이동이 없어진 만큼 준비하고 오가는 최소 세 시간 이상의 삶이 덤으로 주어졌지만, 그 경계는 불분명했다. 세수만 겨우 하고 파자마를 입은 채 책상으로 출근해 침대로 퇴근하는 일상이 반복됐다. 이대로는 안 되겠다 싶어 대학생 때에나 쓰던 비책을 다시 꺼내든 것이다. 계획, 기록이 거듭되자 나름의 루틴이 생겨났다. 첫째, '#독서모닝.' 근무 시작 최소 한 시간 전에 일어나 스트레칭을 하고, 커피를 마시며 책을 읽는다. 둘째, '#퇴근러닝.' 근무가 종료되면 러닝을 한다. 30

분가량 가볍게 뛰고 돌아와 샤워를 하고, 차 한 잔과 함께 책상 앞에 앉아 글을 쓰거나 공부를 한다. 이 두 가지 중 하나만 지켜도 하루가 흡족하다.

나뿐만이 아니었는지, 알고 보니 이를 대변하는 근래의 키워드가 있다. '갓생(God生).' 강조할 때 사용하는 접두어 '갓'과 '인생'의 합성어로, 스스로 이상적인 루틴이나 리추얼을 설정하고 실천할 때 이를 '갓생산다'고 표현한다. 코로나로 기존 일상에 경계를 짓던 활동들이 무화되고, 외부 활동이 어려워지면서 자체적인 루틴의 중요성이 부각되고 있는 것이다. 좋은 습관을 형성하고 주어진 하루를 보다 주체적으로 관리함으로써, 일상 속에서 작은 성취감을 느낀다.

코로나 이전이 취향, 여행으로 대변되는 '욜로'의 시대였다면 코로나 이후는 '갓생'의 시대이다. 얼핏 상반돼 보이나 발로는 같다. 스스로에게 집중하고, 작은 것에서 행복과 성취를 발견하는 마음. 다만 그 에너지의 방향이 다르다. 명상, 일기 등 전에 없던 키워드들이 눈에 띈다. 불가피한 신체 구속이 의도치 않은 정신 도야를 가져다준 듯해 반갑다.

극도의 자율 속, 하루를 지키는 것은 결국 사소하고 건강한 루틴이다. 그것들이 모여 단단한 생활을 이루고 나아가 확실한 행복을 가져다줄 것을 알기에, 오늘도 졸린 눈을 비비고 책상 앞에 앉는다. 무거운 몸을 이끌고, 길 위에 선다.

가을 경주, 작은 사치

높아진 하늘에서 제법 가을 냄새가 난다. 엊그제가 절기상 추분(秋分)이었다. 가을의 본격적인 시작인 백로(白露)와 찬 이슬이 맺히기 시작하는 한로(寒露) 사이, 비로소 낮과 밤의 길이가 같아지는 날. 땅거미가 내려앉은 퇴근길 풍경 앞에서 새삼 선조들의 지혜에 탄복한다.

가을이 왔다. 경주에 갈 때가 된 것이다. 매년 가을이면 경주를 찾는다. 함께도 좋지만 대체로 홀로 가는 편을 선호하는 이유는, 동행보다는 여행에 온전히 마음을 쏟고 싶기 때문이다. 울긋불긋 단풍이 진 토함산 자락을 따라 불국사를 찾는다. 점심은 하산 길 청국장에 막걸리면 더할 나위 없다. 여유가 된다면 문무대왕릉에 들러 부서지는 파도소리에 모난 마음을 깎아낸다. 그리고 이튿날, 상쾌한 가을 아침의 공기를 맡으며 커피 한 잔을 들고 왕릉 가를 걷다 보면 마음이 한결 차분해진다.

가을 경주 전통의 시작은 어언 10여 년 전, 내 생애 첫 홀로 여행이었다. 지금 생각하면 별것 아닌 낯간지러운 이유로 상처를 받은 유약한 청춘은 배낭 하나를 메고 경주로 떠밀려왔다. 낯선 거리를 걸으며 낯선 이들과 미소를 주고받다 보니 마음이 절로 누그러졌다. 해묵은 고민들이 조금은 씻겨 나갔다. 누군가를 미워하는 마음, 날 선 감정으로 상처를 받는 것은 결국 나 자신이기에 다른 누구도 아닌 스스로를 위해 착해지고자, 흘려보내고자 마음먹을 때 내게는 이곳이 필요했다.

아마 방법은 다를지라도 누구에게나 자신만의 이런 '비법'이 있으리라. 다친 마음을 치유하고 다시금 앞으로 나아갈 용기를 내기 위한 일종의 의식. 혹자에게는 늘어지게 자는 낮잠일 수도, 가벼운 산책일 수도, 친구들과의 거나한 술자리일 수도 있겠다. 무엇이든 좋겠지만 행여 아직 그 방법을 찾아 헤매는 경우라면 단연코 여행은 그 지름길이다. 그리고 청명한 하늘과 산뜻한 공기가 발걸음을 재촉하는 가을은, 두말할 것도 없는 여행의 적기이다.

아무리 바쁘고 아파도, 계절의 변화를 느끼고 스스로에게 쉼의 기회를 부여하는 일만큼은 소홀해지고 싶지 않다. 대단한 계획도 마음 맞는 동행도 반드시 필요한 것은 아니다. 어느새 저물어가는 한 해 동안 여지없이 고생한 스스로에게 그저 약간의 여유를 허락하는 일. 올가을, 거창한 여행이 아니더라도 낯선 거리를 훌훌 걷는 작은 사치를 누려봄은 어떨지.

바로 지금 여기

템플스테이로 충북 보은의 법주사를 다시 찾았다. 입사를 앞둔 해 방문 이후 꼬박 7년 만이다. 3시간 반을 달려 속리산 터미널에 닿았다. 불자는 아니지만 사찰 특유의 맑은 안락함이 심신을 정돈해주기를 기대하며 한 걸음 한 걸음 수행하는 마음으로 산에 올랐다. 정갈한 옷가지를 받아 들고 배정받은 방에 들어섰다. 낮은 테이블과 다기, 책 몇 권이 전부인 단출한 방. 이 여백이 그리웠다.

짧은 휴식 뒤 오리엔테이션이 있었다. 법주사에 대한 간략한 소개, 합장, 묵언과 같은 기본적인 예절은 물론이고 머무는 동안 가져야 할 마음가짐에 대해서도 들을 수 있었다. “불교에서는 식사도 일종의 수행으로 보고 ‘공양’이라고 해요. 이 상이 차려지기까지의 과정에 감사하는 마음으로, 묵언하며 먹습니다.” 잊고 있었다, 식사 한 끼에도 감사하는 법. 감사도 근육이다. 써 버릇하지 않으면 퇴화한다.

일과를 마치고 정수 물을 떠서 이른 소등을 한 방으로 돌아왔다. 차 한 잔을 우려 마시며, 어두운 불빛에 의지해 7년 전 이곳에서 쓴 일기를 찾아 읽었다. “면접에 합격하고 취직을 해도, 기다리던 ‘그날’은 오지 않았다. 실체가 없던 ‘그날’은 영영 오지 않을 그냥 ‘내일들’이었다. 이것만 끝나면, 이것만 잘되면, 하고 보낸 숱한 날들이 모여 어느덧 두 해를 넘겼다. 입사를 코앞에 둔 지금만 해도 벌써, 여행 계획이나 입사 준비, 그리고 더 멀리의 내일들을 위해 오늘을 ‘대기’한다.”

교환학생을 다녀오고 인턴십을 하고 취업을 준비하던 2년이라는 긴 시간 동안, 임시로 살았다. ‘시험 끝날 때까지만 견뎌야지’ 하듯 바쁜 일이 지나가기만을 바라는 모습으로. 내일 이사할 집에서 전등이 나간 채로 버티듯 잠시 머물듯이. 언젠가 올 '그날'을 기다리며 나는 늘 무언가를 위한 대기 상태였다. 원하던 회사에 합격하고 기쁨을 누리던 것도 잠시 어쩐지 허탈함이 밀려왔던 그해 그 일기를 들춰 보고 화들짝 놀란 것은 오늘 나의 일기와 크게 다르지 않아서였다. 어쩌면 같은 마음이 같은 곳으로 이끌었을까.

언제나, 과정은 지난한데 성취의 달콤함은 야속하리만치 짧았다. 좋은 대학에 합격하면, 원하던 회사에 합격하면, 높은 점수에 도달하면, 언젠가 올 것 같았던 완벽한 '그날'은 결코 오지 않았다. 대입-취업-결혼, 나아가 이직을 거치면서 착실하게 정답을 골라왔다. 그 다음은? 그 다음 정답을 고르면 '그날'은 올까. 우리는 모두 그 답을 알고 있다.

법정 스님은《맑고 향기롭게》에서 말했다. '즉시현금 갱무시절(卽時現金 更無時節)', 즉 "한번 지나가 버린 과거를 가지고 되씹거나 아직 오지도 않은 미래에 기대를 두지 말고, 바로 지금 그 자리에서 최대한으로 살라. 우리가 사는 것은 바로 지금 여기다."

행복은 성취가 아니라 과정이라 했던가. 완벽한 성취의 '그날'은 없다. 그러므로 바로 지금 여기, 삶의 순간순간은 그 자체로 여정이자 도착지여야 한다. 지금 이 순간에 감사하며, 다시 한번 오늘을 살겠다.

나의 첫 '혼소주'

나의 첫 혼술은 언제였을까. 스무 살 때부터 혼자 다녀 버릇했기 때문에 정확한 시작점은 기억나지 않는다. 다만, 첫 '혼소주'의 기억은 선명하다.

갓 스물아홉이 된 1월의 겨울날이었다. 저녁도 못 먹고 늦게까지 야근을 한 귀갓길, 전부터 눈여겨보던 집 근처 곰탕집 앞에 멈춰 섰다. 집 가면 마땅히 먹을 것도 없는데, 밥이나 먹고 들어가자 싶어 문을 열고 들어섰다. "곰탕 하나 주세요." 국물을 먼저 한 술 떠 넣었다. 날선 겨울바람에 얼어붙은 몸과 마음을 단번에 풀어주는 온기였다. 뜨끈한 국물이 목을 타고 넘어가는 순간, 이 외침은 불가항력이었다. "여기 소주 하나만 주세요!" 드르륵- 소주 뚜껑을 까고 잔을 채우자 묘한 설렘이 일었다.

혼밥, 혼술, 혼여행으로는 만렙이었는데, '혼소주'는 처음이었다. 혼술을 하게 되면 주로 맥주나 와인, 사케를 찾았다. 이유는 글쎄, 복합적이었다. 술 자체의 맛을 즐기는 유형이었기에 소주의 맛을 알지 못하는 이유가 컸다. 물론, 사람들과 어울려 마실 때만큼은 예외였다. 술 자체보다는 대화가 주인공이니만큼 그야말로 '술은 거들 뿐'이었다. 이럴 땐 적당히 취하면서 배는 덜 부르고 가격은 만만한 소주가 제격이었다. 하지만 혼자라면 굳이 맛도 없는—그땐 그랬다— 소주를 찾아 마실 까닭은 없었다.

또 다른 이유는 아마 '소주'라는 술 자체가 풍기는 이미지에 기반할 것이다. 어떤, 서민적인. 그야말로 술 자체를 목적으로 하는 맹목적인. 반지하 자취방에 먹다 만 컵라면과 빈 술병들과 함께 나뒹굴 것 같은, 숱한 드라마를 통해 습득한 '찐 술꾼'의 프레임. 혼술 자체가 그렇기도 하거니와, 특히 여자가, 하필 소주를 혼자 마실 때에는 감내해야 하는 시선들이 배가 된다. '여자 혼자 소주를 마신다'는 것은 필연적으로 불필요한 상상력을 자극하고는 하니까. 때문에 같은 혼술이더라도 소주는, 조금 더 많은 용기(주문할 때)와 에너지(마시는 동안)를 필요로 하는 선택지였다.

"키야-" 소주의 익숙한 쓴맛이 목을 타고 넘어가자 절로 탄성이 터져 나왔다. 비로소 어떤 안정감 같은 것이 찾아왔다. 다시 국물 한 술, 다시 소주 한 잔. 온탕과 냉탕을 오가듯 무한 루프가 이어졌고, 손끝 발끝을 시작으로 저릿하고 나른한 취기가 돌았다. '그래, 이거지!' 늦은 저녁의 처량한 국밥 한 그릇이 여행이 되는 마법. 허기를 채우기 위한 수단으로서의 끼니가 아닌 즐기기 위한 목적 그 자체로서의 밥상은, 나를 온전히 그 시간 속에 머물게 했다. 원래도 반주는 일상에 낭만을 더하는 작업이지만, 소주는 그 효과가 더 드라마틱했다. '소주의 맛'에 눈을 뜬 순간이었다. 겨울, 곰탕, 소주. 참으로 자기완결적으로 설레는 단어의 조합이었다.

이날 이후 소주는 나의 혼술 고려군에 포함됐다. 주종 하나가 추가됐을 뿐인데 혼술의 반경은 무한히 넓어졌다. 삼겹살에 소주, 골뱅이무침에 소주, 물회에 소주, 모둠 전에 소주, 김치찌개에 소주, 어묵에 소주, 하다못해 컵라면에 소주. 소주를 축으로 매칭할 수 있는 안주의 조합은 어마어마했다. 혼술의 세계가 배 이상 넓어졌다. 내 음주 역사의 빅뱅이었다. 그 뒤 소주는, 어디서든 쉽게 구할 수 있는 접근성과 어떤 음식과도 곧잘 어울리는 무난함을 바탕으로 조금씩 그 지분을 넓혀 가는가 싶더니, 언제부턴가는 와인을 밀어내고 "가장 좋아하는 주종이 어떻게 되세요?"에 대한 나의 답변 자리를 꿰찼다.

그 빅뱅이 있은 지 어느덧 만 4년이 지났다. 연차가 쌓인 만큼 잔고는 두둑해졌지만 체력은 얄팍해졌다. 못해도 달에 몇 번씩은 갖던 혼술의 기회는 점차 몇 달에 한 번으로, 연에 몇 번으로, 눈에 띄게 줄어갔다. 비단 체력 때문만은 아니었다. 생각이 무디어져 가는 만큼 혼자 있는 시간에 대한 욕망도 옅어졌다. 하지만 그날 이후 '혼소주 할 수 있음'은 내게 일종의 면허처럼 남아, 늦은 저녁 쓸쓸한 식사를 든든히 밝혀주었고, 여행지에서의 메뉴 고민을 덜어주었다—대체로 소주를 곁들이면 중간은 갔으므로—. 그간 나는, 술자리에 늦는 친구를 탓하지 않고 "나 먼저 마시고 있을게" 하는 여유를 갖게 되었고, "아휴, 아가씨가 무슨 혼자" 하는 말에도 단호하게 혹은 유연하게 대응할 수 있는 노련함 또한 다지게 되었다.

'혼자 여행 갈 수 있는 사람'이 되면서 나의 세계는 확장되었고, '혼자 소주 마실 수 있는 사람'이 되면서 그 세계는 더욱 다채로워졌다. 그것들은 나로 하여금, 언제든 동행에 구애받지 않고 가고 싶은 곳에 갈 수 있고, 언제든 시선에 연연하지 않고 먹고 싶은 것을 먹을 수 있으며—즉 생의 주도권을 쥐고 있으며—, 그로 인해 언제든 발 디딘 자리에서 스스로 행복해질 수 있는 사람임을 자신하도록 했다.

혹자는 '고작 소주'로 유난이다 혀를 내두를지도

모르겠다. 그러나 **'고작 소주'로도 행복해질 수 있다는 것은, 사실 좀 멋진 일이다.** 반면 활자로 자칭 애주가임을 박제하는 것은 사실 좀 무서운 일이지만, 적어도 오늘 나의 행복 유지를 논하면서 혼술을 빼놓는 것은 명백한 기만인지라 좀 용기를 내보았다.

서로에게 귀한 여행자이고 싶다

여러 명이 모이는 왁자지껄한 모임도 좋지만 대체로 소수의 만남을 선호하는 편이다. 많은 사람이 이야기를 나누다 보면 아무래도 깊이 있는 대화보다는 시시껄렁한 농담이나 연예인 가십, 밥벌이의 고단함이 이야기의 주를 이루게 되기 때문이다. 애초에 취향이나 성향보다는 삶의 특정 단계에서의 인연을 계기로 형성된 관계가 보통이다 보니, 확률적으로 다수에게 공통의 관심사가 될 만한 것이 사실 딱 그 정도인 것이다. 더불어 그 맥락은 대개 부정적인 경우가 많은데, 긍정적인 감정보다는 부정적인 감정이 대중의 공감을 이끌어내기 수월한 까닭이다. 가령 남편이나 상사에 대한 감사나 칭찬보다는 불평이나 험담이 더 흥미로운 대화 소재로 인정받는다.

사정이 이러하니 시끌벅적한 모임을 마치고 집으로 돌아가는 길이면, 몇 시간을 한참 떠들어 놓고도 '그래서 오늘 무슨 얘기를 했더라' 싶을 때가 종종 있다. 사실 그 정도면 다행이고 가끔은 '왜 그렇게까지 부정적으로 말했을까' 후회할 때도 있다. 겉도는 대화, 교감 없는 만남 끝에 남는 것은 늘 허무함 아니면 '이 불킥'이지만, 사회생활이란 으레 그런 것이었다. 물론 이는 만나는 인원수에 비례하는 것만은 아니어서, 더러는 인원이 적더라도 비슷한 느낌을 받을 때도 있었다. 하지만 안타깝게도 그 역의 경우—인원이 많더라도 양질의 대화를 경험하는—는 좀처럼 성립되지 않았다.

그러던 중 독서 모임을 시작했다. 다양한 주제가 있지만 주로 생업인 마케팅을 주제로 한 모임에 나간다. 마케터를 꿈꾸는 학생부터 나처럼 마케팅으로 밥벌이를 하는 직장인, 사업가에 이르기까지 다양한 사람이 모여 브랜드와 일, 꿈에 대해 이야기하는 모임이다. 스무 명에 가까운 사람들이 공통의 관심사를 가지고 공들여 대화한다. 세 시간 남짓한 대화를 위해 책을 읽고 독후감을 쓰며 꼬박 한 달을 준비한다. 첫 모임을 마치고 집으로 가는 길, 마음이 들떴다. 생판 처음 보는, 애써 찾지 않으면 영영 볼 일이 없을지도 모르는 사람들로부터 가장 깊이 있는 공감을 받았다. 모처럼 진짜 대화를 나눈 기분이었다.

개인의 특성을 태어난 연도로 구획화하는 세대 구분을 썩 좋아하지는 않지만, 요즘 2030 세대를 특징짓는 키워드 중 하나가 '개인주의'이다. 아이러니한 것은 그와 동시에 이들을 대상으로 한 '커뮤니티' 산업이 활황이라는 것이다. 어찌 보면 양립할 수 없을 것만 같은 두 키워드 사이를 매개하는 것은 바로 '취향'이다. 독서, 영화, 러닝 등 취향에 기반한 커뮤니티 스타트업이 우후죽순 생겨나는데 심지어는 대부분이 유료다. '나'를 중시하는 '요즘 것들'은 사회생활이라는 굴레로 강요되는 겉도는 만남 대신 나의 취향과 꿈에 대해 이야기할 수 있는 깊이 있는 만남을 선호한다.

당신의 이야기를 가장 잘 들어줄 사람은 '여행자'라는 말이 있다. 서로에게 잘 보일 필요 없이 있는 그대로의 모습을 드러낼 수 있기 때문이다. 어쩌면 우리들의 이러한 모습도 같은 마음에서 비롯된 것은 아닐까. 서로에게 잘 보일 필요 없이, 그 어떠한 속박이나 가식 없이, 교감 그 자체를 목적으로 하는 진짜 만남에 대한 갈증 말이다. **앞으로의 숱한 만남에서도, 서로가 서로에게 귀한 여행자이고 싶다.**

슬픔의 연대

질문하기를 좋아한다. 같은 질문에 대해 각기 다른 답변들을 듣고 있으면, 사고가 확장되고 나를 둘러싼 세계가 조금은 더 넓어지는 느낌이 든다. 마주 앉은 상대를 더 이해하게 되고, 호감지수가 상승하는 것은 덤이다. 취미, 장래희망부터 취향에 이르기까지 레퍼토리도 다양하지만 최근 그 목록에 추가된 질문이 하나 있다. "슬플 때 주로 어떻게 해?"

유난히 슬픈 사람들이 많은 요즘이다. 장기화된 팬데믹에 가슴을 옥죄는 사건사고까지. 울고 싶지 않은 사람을 찾는 일이 더 어렵다. 감정을 지배하는 '디폴트값'이 슬픔이 되어버린 것 같은 요즈음. 질문을 하는 이유는 호기심 때문도 있지만 타인의 답안지를 참고하고 싶은 마음도 크다. '아, 그런 방법도 있겠구나. 나도 다음에 해 봐야지.' 답안은 가지각색이다. 슬픈 영화를 찾아보는 사람, 술을 먹는 사람, 여행을 가는 사람, 운동을 하는 사람, 잠을 자는 사람, 청소를 하는 사람….

내 경우에는 보통 여행을 가지만, 그마저도 할 수 없을 만큼 강도 높은 슬픔에는 이불 속으로 들어간다. 그 안에서 울고 자기를 반복한다. 끼니도 거르고 내일이 없을 것처럼 자고 일어나 따뜻한 물로 샤워를 하고 나오면, 배가 고프다. 그 와중에 배는 또 고프다. 먹고 싶은 메뉴를 정성껏 골라 허기를 채우고, 다이어리를 펼친다. 감정의 잔해를 쏟아내다 보면 다시 또 눈물이 날 때도 있다. 괜찮다. 마음이 안정될 때까지 손바닥만 한 페이지 안에서 분노와 타협, 좌절과 극복을 반복한다. **다만 한 가지 꼭 지키는 것은 그 끝에 '그래도'로 시작하는 문장을 하나 더하는 것이다.** "그래도, 이 또한 지나가리라." "그래도, 아직 괜찮다." "그래도, 다시 힘내보자." **딱 그만큼의 긍정과 딱 그만큼의 용기면 대체로 충분했다.**

하지만 해를 거듭하면서 종종 감당하기 힘든 슬픔을 맞닥뜨린다. 아무리 기를 쓰고 털어내려고 해도 도저히 가시지 않는 불안과 우울. 그럴 때 결국 위로가 되는 것은 여행도 잠도 다이어리도 아닌, 사람. 나의 슬픔에 귀 기울여주는 사람이다. 그로 인해 깨닫는 것은 개인이 극복할 수 있는 슬픔의 총량에는 제한이 있다는 것이다. 오늘 나의 총량이 다한 날에는 어쩔 수 없이 타인의 총량에서 빌려올 수밖에. 역으로 오늘 나의 총량이 여유 있는 날이라면 타인의 슬픔을 기꺼이 들어주려 한다. **슬픔의 연대. 어쩌다 감사히 오늘은 덜 슬픈 마음이, 더 슬픈 마음을 위로해 주는 메커니즘으로 우리는 살아가야 한다.**

슬펐던 어느 출근길, 나보다 더 슬플 친구의 이야기를 들어주고 쓴 일기로 글을 마무리한다.

모두가, 자신의 마음과 투쟁 중이다. 고민 하나

> 없는 사람 없고, 불안하지 않은 이 없으며, 우울을 모르는 자 없다. 자세히 들여다보면 울고 싶지 않은 마음 하나 없다. 산다는 것은 마음을 붙드는 일인지도. 간헐적 기대와 행복에 기대어 불안, 우울과 더불어 사는 과정인지도. 내가 나를, 내가 너를, 네가 나를 덜 아픈 마음이 더 아픈 마음을 끊임없이 보듬고 붙드는 여정인지도.

다행히 오늘은 나의 총량에 여유가 있다. 기꺼이 듣고, 그 어느 날 기꺼이 기대겠다.

슬플 때 주로 어떻게 하나요?

수다의 힘

나이를 먹으며 수다를 잃었다. 시간이 뜰 때면 용건 없이 전화해 "뭐 해?"로 시작하는 통화를 기본 30분 넘게 하던 때가 내게도 있었다. 별것 아닌 고민으로도 전화기가 뜨거워질 때까지 밤새 떠들고 "자세한 건 만나서 얘기해" 하던 때가 내게도 있었다. 남자 친구가 남편이 되어서일까, 그 옛날의 '단짝 친구'가 결혼을 해서일까. 대상이 애매해진 까닭도 분명 있지만 그보다는 수다 자체의 효용을 믿지 않게 된 탓이 크다.

수다의 속성은 통상 하소연이다. 슬픈 깨달음이지만, 나약한 소리는 하지 않을수록 좋다. 부정적 감정은 쉬이 전염되므로, 내가 듣기 싫은 만큼 상대 또한 듣기 싫을 확률이 높다. 더군다나 소위 책잡힐 거리를 '굳이' 널리 알릴 이유도 없다. 결국엔 나의 약점이 되어 돌아온다는 것을 경험치로 습득했다.

설령, 부정적 감정마저 기꺼이 들어주고 책잡을 유형도 아닌 다정하고 선량한 상대라 할지라도 아니, 그렇기 때문에 더욱 하소연일랑은 하지 않게 되었다. 기껏해야 해에 몇 번 주고받는 안부인데, 귀한 상대일수록 기왕이면 상대도 나를 유쾌하게 기억했으면 했다. '굳이' 짐이 되고 싶지 않았다. 뭣보다 수다는 그 자체로 상당한 비용을 요했다. 같은 1시간이면 수다 떨 시간과 에너지로 문제 해결을 위한 노력을 하는 것이, 조금 더 어른의 계산에 맞았다.

그러다 얼마 전, 도저히 헤어날 수 없는 우울의 늪에서 오랜 친구에게 전화를 걸었다. 창밖에는 비가 퍼붓고 있었다. "나 실은… 오늘 너무 힘들어." 운을 떼자 친구가 답했다. "아, 너는 오늘이 그런 날이구나. 나도 실은 엊그제…." 피차 여의치 않은 상황에서도 우리는 밀린 수다를 정산하듯 오랜 시간, 전화기가 뜨거워질 때까지 서로의 이야기를 듣고 들려주었다. 전화를 끊을 때 즈음 엄청난 깨달음을 얻은 양 내가 말했다. "야, 이게 되네?"

수다가, 위로가 되더라. 한동안 간과했던 수다의 힘. 나를 평가하지 않을 다정한 타인과의 대화는 얼마나 따뜻한가. '괜찮다'는 뻔하지만 진실한 위로가 주는 울림은 얼마나 뻔하지 않은가. 친구도 덩달아 경이로워하며 맞장구를 쳤다. "너랑 이렇게 수다 떨고 나니까 살 것 같아." 전화를 끊자 거짓말처럼 비도 그쳤다. 그밖엔 아무것도 달라지지 않았지만 기분이 달라졌다. 그러니까 사실은, 모든 게 달라졌다.

그제야 깨달았다. **타인에게 짐이 되지 않고자 스스로 강제했던 정서적 자립은 한편 고립이기도 했다는 것을. 나의 불행이 흘러넘치지 못하게 세워두었던 벽은 한편 나를 향해 흘러오는 마음들에게 벽이기도 했다는 것을.** 내가 힘들다 말하는 대신 괜찮다 말하기를 택했기 때문에 상대 또한 괜찮아야만 했고, 내가 기대지 않았기 때문에 상대도 내게 기댈 수 없었다.

그날 이후, 나는 다시 수다 맹신론자가 되어 툭하면 통화 버튼을 누른다. 짧게나마 조잘조잘 시간과 에너지를 들여 마음을 듣고 들려주다 보면, 왜인지 서로가 기특하다. **기꺼이 먼저 짐이 됨으로써, 상대 또한 내게 기대도 좋음을 서로에게 주지시킨다. 어쩌면 진짜 배려란 그런 것일지도 모른다는 것을, 너무 늦지 않게 깨달아서 참 다행이다.**

오해의 역학

"아니, 도대체 누가 그런 말을 해?"

'오해'라는 단어 앞에 완벽하게 자유로운 이가 있을까. 하루에도 몇 번씩 말과 문자의 틈에서 크고 작은 충돌이 일어난다. 그중 해소되지 못한 사소한 어긋남이 시간과 권태를 먹고 사람들의 입에서 무성한 오해로 자라난다. 그저 덜 자란 어른들의 치기로 여기기엔 성역이 없다. "누가 누구는 빼고 보자더라" 하는 식의 초등학교 저학년 교실에나 있을 법한 전언이 회사나 노인정에서도 버젓하다.

남녀노소를 불문하고 오해 앞에 얼굴을 붉히는 가장 큰 이유는, 그것들이 모여 내가 모르는 나의 얼굴,

'평판'을 형성하기 때문일 것이다. 잘못된 것은 바로잡고, 억울한 것은 해명한다. 타인의 입에서 빚어지는 나의 얼굴이 내가 인지하는 나의 얼굴과 가능한 가까워지기를 희망한다. 쉽지 않다. **오해라는 것은 애초에, 그 재료는 나였을지언정 발단은 상대의 마음속에 있는 경우가 대부분이기 때문이다.**

오래전 근거 없는 소문에 시달린 적이 있다. 처음 말을 전해 들었을 때의 얼얼한 감각이 지금도 선연하다. 묻고 물어 알게 된 오해의 발단은 허무하리만치 사소한 것이었다. 돌아보면 유치하지만 당시에는 괴로웠던 시간들을 관통하며, 한 가지 깨달은 것이 있다. 최선을 다했음에도 불구하고 생긴 오해는 애초부터 그럴 연이었다는 것.

사실 여부를 떠나 나를 둘러싼 모든 말들에는 나의 지분이 있으니, 끝까지 책임을 져야 맞다 여겼다. 포기하지 않고 말을 골랐고, 포기하지 않고 나를 말했다.

하지만 해소를 위한 노력마저도 최선을 다해 오해

할 준비가 되어 있는 사람 앞에서라면 무슨 말이든 제 기능을 잃고야 말았다. 배려하고자 했던 마음은 위선으로, 적극적이고자 했던 행동은 건방으로 폄하되었다. 노력 밖의 일이라는 것을 받아들이고 나니 외려 마음이 편해졌다. 그저 사람의 입으로 말미암은 천재지변이었다. 덕분이라고 해야 할지, 아무튼 그 뒤로 나는 타인의 평가나 오해에 한결 관대해졌다.

타인의 면면을 온전히 아는 일이 가능하던가. **우리는 모두 서로를 오해한다. 좋은 방향이든 나쁜 방향이든.** 나를 둘러싸고 있는 모든 인식은 나에 대한 오해의 총합이다. 어떤 오해는 황홀하고 어떤 오해는 불쾌하다. 어떤 오해는 과하고 어떤 오해는 박하다. '나'라는 사람의 같은 행동, 같은 말, 같은 특성에 대해 서로 다른 두 오해가 길항하며 공존한다. '자신감 있는 애'와 '잘난척하는 애', '붙임성 좋은 애'와 '염치없는 애', 그 사이 어디쯤이 아마, 내가 모르는 나의 얼굴이 형성된 지점일 것이다.

나는 그냥 여기 있고 그것들은 저 너머 타인의 관념 속에서 피고 진다. 어차피 자력 밖의 일이라면 구태여 가장 나쁜 것을 끄집어 내 스스로를 할퀼 이유가 있을까. **어떤 오해에는 무책임해질 필요마저도 있다.**

덧붙여, 나를 오해하는 그 사람을 아마 나도 오해할 것이다. 좋은 방향이든 나쁜 방향이든. 그리 생각하면, 오해란 참 공평한 작용이 아닐 수 없다.

마음 방학

모든 게 엉망인 날이었다. 한 달 넘게 공들여 준비한 프로젝트가 무산될 위기에 처했고, 크고 작은 이슈들이 더해지자 스스로의 선택들에 대한 불신이 마음을 어지럽혔다. 만원 버스를 잡아탄 퇴근길, 엎친 데 덮친 격으로 정류장까지 잘못 내렸다. 걷기에는 멀고 택시를 잡기에는 가까웠고, 다시 버스에 몸을 구겨 넣을 용기는 더더욱 없었다. 간신히 억누르고 있던 설움이 금방이라도 터져 나올 것만 같았다.

그때 길 건너로 순두부집 하나가 눈에 들어왔다. 당장 집에 가서 마무리해야 할 일이 있었지만, 내일 울더라도 지금 행복하고 싶었다. 마음속으로 주문을 외듯 선언했다. '방학!' 결연한 표정으로 문을 열고 들어가 자리를 잡았다. "여기 순두부 하나랑 소주 하나 주세요!" 실수 아닌 척, 의도한 시간인 척. 버스까지 잘못 내린 서러운 하루는 순식간에 맛있는 반주로 스스로를 위로하는 기특한 하루가 되었다. 그리고 그 위로를 동력 삼아 다음 날도 나는 울지 않았다.

'마음 방학'이라는 자체 제도를 가지고 있다. 말 그대로 마음에 방학을 주는 것인데, 어느 날 문득 마음에 빨간 불이 들어올 때 '작전타임'을 외치듯 스스로 부여한다. **원칙은 간단하다. 바로 지금 여기서 행복할 것.** 최대한 하고 싶은 것만 하고 생각하고 싶은 것만 생각한다. 타인의 시선에 대한 염려도 미래에 대한 계획도 잠시 내려놓는다. 내일의 나에게 후일을 맡기고 오로지 '지금 나의 기분'만을 생각하는 철없는 이기주의자가 되어보는 것. 무엇을 하고 싶은지, 먹고 싶은지, 끊임없이 지금의 나를 기쁘게 하기 위한 방법들을 묻는다.

어떤 마음 방학에는 무례한 약속을 취소하고 도서

관으로 향했다. 또 어떤 마음 방학에는 휴가를 내고 경주로 떠났다. 하지만 대부분의 마음 방학은, 느지막이 일어나 먹고 싶은 메뉴로 밥을 지어먹고 읽고 싶었던 책을 보다가 달리기를 하고 돌아와 보고 싶었던 영화를 보며 맥주를 마시는 것으로 마무리가 된다. '해야 하는 일'의 부채감에 미뤄 놓았던 '하고 싶은 일'들에게 기꺼이 일상의 자리를 내어 준다. 지극히 사소하지만 나를 웃게 하는 것들. 이렇게 좋아하는 것들로만 채우는 시간은 시든 마음에 생기를 불어넣는다. 삶에 애정을 환기시키고 삶과 나를 화해시킨다.

마음 방학은 생의 주인공으로서의 지위를 회복하는 일이다. 자신을 둘러싼 모든 기대와 의무를 의식적으로 거두어 내고 작은 판단부터 온전히 스스로의 행복을 위해 내려 봄으로써, 생활의 부침에 이리저리 틀어진 행복의 기준점을 다시 나로 맞추는 일이다. **이 간헐적이고 사소한 이기적 선택들이 모여 삶의 행로를 조금 더 '나의 행복'을 위하는 방향으로 조율해 나갈 것을 믿는다.**

이와 비슷한 자신만의 제도를 가지고 있는 이들을 몇 알고 있다. 혹자는 '평화의 날', 혹자는 '파업'이라 부를 뿐 그 취지는 같다. 일상에 있어 변칙을 허용하는 일종의 '치팅데이(다이어트 중 먹고 싶었던 음식을 먹는 날)'인 셈이다. 그러니 오늘, 유난히 엉망인 하루라면 마음에 방학을 부여해보자. 터널 안에서는 터널을 볼 수 없다. **한 발자국 벗어나 관망하는 시간 속에서 다시금 확인하게 될 것이다. 사실은 바로 지금 여기서 행복할 수 있음을.**

당신의 '마음 방학',
바로 지금 여기서 행복해지기 위해 무엇을 하시겠어요?

자주 울더라도 결국 웃을 것입니다.
대체로 불행하더라도 결국 행복할 것입니다.

고작 __________ 로도 행복해질 수 있다는 것은,
참 멋진 일입니다.

행복해지려는 관성

초판 1쇄 발행 2021년 08월 20일
초판 5쇄 발행 2021년 10월 15일

지은이 김지영
펴낸이 김기용 김상현

편집 전수현 김승민 **디자인** 이현진
마케팅 조광환 김정아 남소현

펴낸곳 필름(Feelm) 출판사
등록번호 제2019-000086호 **등록일자** 2016년 6월 13일
주소 서울시 영등포구 양평로30길 14, 세종앤까뮤스퀘어 907호
전화 070-8810-6304 **팩스** 070-7614-8226
이메일 office@feelmgroup.com

필름출판사 '우리의 이야기는 영화다'

우리는 작가의 문체와 색을 온전하게 담아낼 수 있는 방법을 고민하며 책을 펴내고 있습니다.
스쳐가는 일상을 기록하는 당신의 시선 그리고 시선 속 삶의 풍경을 책에 상영하고 싶습니다.

홈페이지 feelmgroup.com **인스타그램** instagram.com/feelmbook

ISBN 979-11-88469-80-2 (03810)